ジグソーステーション

作
中澤晶子
絵
ささめやゆき

いまからおよそ三〇年前の、大きな駅を舞台《ぶたい》にしたおはなしです。

目次

I

目の前を何か白いものがふわっと横切った。

「あ、ネコ！」

でも、そんなはずはない。こんな所にネコがいるなんて。あたしもどうかしてる。あんまり長い夏だったので、頭の中のネジがどれか一本、溶《と》けちゃったんだ。

でも。

やっぱり、見たんだ、あたし。あれは、たしかにネコだった。改札口《かいさつぐち》の脇《わき》の、清算所《せいさんじょ》の間からパッと現《あらわ》れて、あっちの売店の裏《うら》に消えた、白くて弾《はず》んだふわふわのかたまり。

この駅に、ネコがいる——あたしは、思わ

ず笑《わら》い出したくなった。

「おっと。こんな所で急に立ち止まるかよ。さっさと行け、チビ」

頭の上から、ギシギシしたいやな声がふってきた。ふり返ると、ブツブツにきびの中学生。あたしのランドセルをじゃけんに押《お》した。

チビで悪かったわね。

ブツブツにきびは、脇《わき》にかかえていた泥《どろ》だらけのサッカーボールでランドセルをもういちど押《お》しのけると、チェッとひとつ舌《した》うちを残《のこ》し、大またであたしを追いこしていった。

押《お》された所を見ると、白いブラウスの肩《かた》に泥《どろ》でくっきりボールの跡《あと》がついている。

洗《あら》って落ちなかったら、どうしてくれるのよ。いっとう好《す》きなブラウスなんだぞ。

あたしは、けさ時計の針《はり》と競争《きょうそう》でこのブラウスにアイロンをかけたことを思い出した。

肩《かた》とえりの間に小さなシワが残《のこ》って、何度もアイロンの先で……あの時のブラウスは、ひとつのシミもなくて朝の光の中でまぶしいばかりに白かった。なのに。しがみついた泥《どろ》は、手ではたいたぐらいじゃびくともしない。おまけに、なんだかブツブツにきびの汗《あせ》のにおいがするみたいな気さえして、あたしはほんとに泣《な》きたくなった。

中央改札口《かいさつぐち》の上の大時計は四時二十分。もう九月も終わりだというのに、息のつまりそうな生あたたかい空気があたりをうめている。

待ち合わせのための大きな目印《めじるし》の鈴《すず》がぶらさがっているホール。あたしは改札口《かいさつぐち》がいちばんよく見えるベンチに空席《くうせき》を探《さが》した。右のはじっこがひとつ。あとは背広《せびろ》のおじさんがずらっとすわってる。

ああ、つかれた……。

肩《かた》の泥《どろ》も気になる。あたしは右のはじっこにともかくすわった。だれかがついさっきまですわっていたらしく、プラスチックのベンチはほんわり熱《ねつ》を持っている。あたしは横長の布《ぬの》でできたランドセルを肩《かた》からおろすと、いつものように胸《むね》の所でしっかり抱《だ》いた。こうしてたら、なんだか安心。タバコくさいおじさんたちに囲《かこ》まれていたって、へいき。ランドセルの上にあごをのせると少しだけ眠《ねむ》くなる。

あたしは、ちっちゃいころから駅が好《す》きだった。それもこの駅みたいにうんと大きな終着駅。終わって、またはじまるしかない行き止まりの駅。駅の出てくる映画《えいが》は、ママにせがんで片《かた》っぱしから見に行った。大好《だいす》きなひとと別《わか》れる駅のシーンでは、もうハンカチがぐちょぐちょになるまで泣《な》いた。ママは「なんてませた子」って、本気であきれていたっけ。そういう映画《えいが》を見るたびに、いつかあたしもどこかの駅でヒロインを演《えん》じるのかもしれないと思いながら、いつの間にかそのシーンをくり返し空想していた。いろんな駅で泣《な》いてる恋人《こいびと》はいないか探《さが》したりもした。現実《げんじつ》にはそんなシーン、見たことなかったんだけれど。

あっちこっちからひとが集まってきて、またどこかへ行ってしまう。なんだか数えきれないお話が駅のホールにうず巻《ま》いているようで、あたしはそのお話が読みたくてここにいる。それだけじゃない。ここには実際《じっさい》、遊べる所がいっぱいある。コンピュータの星占《ほしうらな》いだってあるし、きれいなポスターは見ていてあきないし、お店もいっぱい。デパートだってある。いろんな色のガラスが埋《う》まってる大きなステンドグラス、静《しず》かな美術《びじゅつ》館《かん》まで！　でもいちばんおもしろいのは、やっぱり、ひと。ときどき、あたしは死ぬまでここにいてもあきないだろうと思ったりする。毎日、学校の帰りに途中下車《とちゅうげしゃ》して、たっぷり二時間は遊んで帰る。ここが、どこよりすてきな遊び場だとわかってもう半年。それまでのあたしは、退屈《たいくつ》のかたまりだった。ひとりで遊ぶのには慣《な》れてたけれど、おもしろいと感じることなんてめったになかった。ここは、だれも知らない、あたしだけの遊び場。夏休みだって通ったんだから。ママも知らない、学校の友だちだって知らない。知られていないってことが、気持ちよかった。

II

四時三十分。

まばらでゆっくりだったひとの流れが、少しずつ急流に変《か》わりはじめる。あたしは大きな川の岸辺《きしべ》にすわっている気分でひとの流れを眺《なが》めていた。川の表面がさわさわと波立って、いろんな色に見えるみたいに、さまざまな顔が沈《しず》んだり浮《う》かんだりしながら流れていく。数えきれないネクタイ。ショルダーバッグ。そのひとりひとりの抱《かか》えこんでいるきょうという日の疲《つか》れが、流れの底《そこ》からいやなにおいのあぶくになってホールの天《てん》井《じょう》へと昇《のぼ》っていくようだ。

いつもとちがう、と思いはじめたのは、それから五分ぐらいたってからのことだった。改札口《かいさつぐち》に見え隠《かく》れする駅員さんの帽子《ぼうし》がみょうにゆがんで左右にふくれあがったかと思うと、頭の芯《しん》が何かに揺《ゆ》さぶられるようにグラグラ揺《ゆ》れる。おかしい。ここは暑すぎるのかもしれない。いやなにおいのあぶくが、あたしのまわりでよどみをつくる。大きく息を吸《す》っても酸素《さんそ》のかわりにひとの吐《は》き出した二酸化炭素《にさんかたんそ》ばかりが肺《はい》を満《み》たしていくようで、息苦しくてたまらない。あたしは、立ち上がろうかと迷《まよ》いながら、ランドセルを胸《むね》の所から脇《わき》へと移動《いどう》させた。右足を床《ゆか》につけた時だった。あたしはずっとむこうから一直線にとんでくる強い視線《しせん》にぶつかった。むずかる子どもをひきずるように連《つ》れてい るこわい顔のおばさん。ぐずぐず泣《な》いている男の子は、高そうな服で床《ゆか》をそうじしながらやってくる。

立つんでしょ。さっさと立ちなさいよ。

おばさんは無言《むごん》のまま、からだ全体でそう言うと、さらに強さを増《ま》した視線《しせん》であたしを押《お》しのけた。

とても気分が悪かった。髪《かみ》のはえぎわからプツプツ冷《つめ》たい汗《あせ》がわいてくる。ほんとはこのまますわっていた方がいいのかもしれない。あたしはランドセルを胸《むね》に抱《だ》いたまま、ヨロヨロと立ち上がった。おばさんはもうすぐそばまで来ている。これ以上《いじょう》、ここにはいられない。立ったとたんに、まわりが少し暗くなった。いったいどうしたっていうの、あたしは。失神《しっしん》なんてしたことないけれど、この状態《じょうたい》がずっと続《つづ》けばきっと失神《しっしん》だ。あんまり気持ちいいもんじゃないのね、失神《しっしん》なんて。何かにすがりつきたかった。あたしは壁《かべ》ぎわを目ざしてゆっくりと歩きはじめた。あたりはだんだん暗くなる。あたし、病気なんだ、きっと。もう何かをよけるなんて力は残《のこ》っていなかった。重そうなブリーフケースをかかえた男のひとが背中《せなか》をむけて立ち話をしている。

どいて。あたしを通して。まっすぐしか歩けないんだから。どいて!

それでもあたしはなんとかよけた。ぶつかったらぜったい、倒《たお》れちゃうと思ったから、最後《さいご》の力を出しきって、からだを右にかわした。もうだめと思ったとたん、あたしはヘタヘタとすわりこんでいた。そこは、目ざす壁《かべ》だった。汗《あせ》といっしょに涙《なみだ》が出た。目の前をたくさんの足が通りすぎていく。だれも止まらない。あたりのうす暗さはあいかわらずだけれど、すわっていると少し気分がよくなってくる。流れていくたくさんの足を見ていると、また頭の芯《しん》が揺《ゆ》れはじめる。もう目をつぶって、ひたすらこのどうしようもない気分の悪さが退散《たいさん》してくれるのを待つ以外《いがい》なかった。

ママ、ママの水晶玉《すいしょうだま》にあたしの姿《すがた》がうつったら、なんでもいいから助けに来てちょうだい。

あたしのママは、占《うらな》い師《し》。よくあたるって評判《ひょうばん》だ。街《まち》なかのしゃれたオフィスには若《わか》いひとがいっぱい。予約《よやく》をいれてもなかなか時間どおりにはいかず、待合室はまるで歯医者さんのそれみたいに混雑《こんざつ》してる。特別《とくべつ》上等のお客が来ると、秘書《ひしょ》のお姉さんが別《べっ》室《しつ》に案内《あんない》してジャスミンティーを出す……。ママの水晶玉《すいしょうだま》にあたしなんかうつるはずがなかった。あれは飾《かざ》りよ、ただの飾《かざ》り、演出《えんしゅつ》なの。ママのカラカラ笑《わら》う声が聞こえるようだ。

どれぐらいいたったかわからなかった。ひとの流れはいっそう激《はげ》しくなっている。ラッシュアワーだ。家に帰りつくことしか考えない足音が、壁《かべ》ぎわにはりついたあたしを洗《あら》っていく。街中《まちじゅう》の、ありとあらゆる所から運ばれてきたほこりやちりが降《ふ》りかかる。まっしぐらに進むしかないひとたちにとって、あたしなんて道ばたの石ころも同然《どうぜん》。なんとかここを出なくちゃ。そのうち流れがもっとふくらんで、だれかにけとばされるのがおちだろう。もいちどベンチにすわりたい。あたしはサンドバッグみたいに正体もなく重いランドセルをずるずる引き寄《よ》せると、両足に力を入れた。

だめ。力を入れようとしてもどっちの足もまるでピノキオの木の足だ。役に立たないママの水晶玉《すいしょうだま》なんて、割《わ》れちゃえばいいんだ。

まわりの音が遠ざかる。あたしは暗闇《くらやみ》に閉《と》じこめられて身動きできずにいる。

「こんな所にすわってちゃいけない。さ、立つんだ」

声。男のひとの。重い、少しかすれた。

次の瞬間《しゅんかん》、あたしのからだはがっしりした腕《うで》に抱《だ》きとられ宙《ちゅう》に浮《う》いた。

Ⅲ

冷《つめ》たい空気。雨のにおいがする。音がもどってくる。あたしはゆっくり目をあけた。

「気がついたか。どうだ、大丈夫《だいじょうぶ》か」

声の主は、くたびれたグレイのレインコートを着た半分白髪《しらが》のおじさんだった。みけんに深く刻《きざ》まれたたてじわがひどく神経質《しんけいしつ》そうに見える。

「なんなら、診療所《しんりょうしょ》に行ってもいい。あそこにはベッドがある」

おじさんは駅の構内《こうない》に目をはしらせた。

「いい」

そう言ったとたん、涙《なみだ》が出た。

「泣《な》くことはない」

おじさんはちょっと苦い顔でレインコートのポケットをまさぐると、半分の長さのタバコを一本つまみ出し、折《お》りじわのついたブックマッチで火をつけた。あたしはやっとしゃんとした気分になって、あたりを見回した。

「ここ、どこ?」

「東口、地下道入口の脇《わき》、わたしの応接間《おうせつま》」

あたしは聞きまちがえたにちがいない。おじさんのタバコの煙《けむり》は、ゆらゆら揺《ゆ》れながら青いすじになって立ちのぼり、やがて湿気《しっけ》をふくんだ灰色《はいいろ》の景色《けしき》に溶《と》けていく。

「ねえ、応接間《おうせつま》って言った？」

あたしは気分がすっかりよくなったので、おじさんの冗談《じょうだん》につきあう気になっていた。

「ああ、言った。ここがわたしの応接間《おうせつま》だ。気に入ってる。外の空気も吸《す》えるし、雨もかからない」

あたしのすわっているのは、三枚重《さんまいがさ》ねのダンボールの上だった。あたしは、おじさんの顔を自分でもびっくりするほど不遠慮《ぶえんりょ》に見つめた。

「あたし、おじさんとどっかで会ったこと、あるような気がする」

つかみどころのないモヤモヤの中に、このくたびれたレインコートがすっとうつって消えていく。

「ある。わたしも君を知ってるさ。毎日毎日、君はあきもせずに駅をうろついてる」

おじさんは根っこの所まで火のまわったタバコを、さも惜《お》しそうにコンクリートに押《お》しつけると、灰色《はいいろ》の煙《けむり》に目を細めた。

あっ。あたし、このひと、知ってる。いつだったか、駅のホールで、背中《せなか》をまるめて……タバコを、そう、だれかがポイッと捨《す》てた火のついたタバコを……拾ってたひと！

「大きな目だな、さぞかしいろいろなことがよく見えることだろうよ」

おじさんは肩《かた》で大きく息をすると、暮《く》れはじめた雨空を見上げた。あたしは吸《す》いこんだままだった息を、なぜかおじさんに聞こえてはいけないと思いながら、少しずつ吐《は》いた。汗《あせ》でぬれた前髪《まえがみ》がぺったり額《ひたい》にしがみつき、それがとってもうっとうしい。排気《はいき》ガスのにおいにまじって、何日もお風呂《ふろ》に入っていないひとのにおいがする。

「さあ、気分がなおったら、さっさと家に帰るんだ。家のひとが心配するぞ」

おじさんは、ごくごく普通《ふつう》のことを言ってあたしをがっかりさせた。胸《むね》の中の赤い玉がぱちっとはじける。

帰ったって、だれもいないもん。

おじさんは、もうチビの相手はごめんだとばかりに、そばに置《お》いてあったパンパンにふくれあがった紙袋《かみぶくろ》を左手でめんどくさそうにたぐり寄《よ》せた。

「さっさと行け」

もいちど、ぱちん。

「おじさん、におうよ」

あたしは耳のつけ根までまっ赤になったのを感じながら、ランドセルをかかえて立ち上がり、それまでおしりの下に敷《し》いていたダンボールをけとばしてかけ出した。ふり返って見る勇気《ゆうき》は、雨粒《あまつぶ》ほども残《のこ》っていなかった。

あたしは、「ありがと」さえ言えなかった自分をしつこくのろっていた。おじさんはたとえあの時、自分の気に入らないことを言ったのだとしても、ともかくへばっていたあたしを助けてくれたひとだ。それにおじさんの言ったことはとてもまともで、まともじゃない受け取り方をしたあたしが悪いんだ。おじさんはひどく気を悪くしたにちがいない。

におうよ、だなんて。

あたしは首すじにさっきからチクチクあたる隣《とな》りのひとの長い髪《かみ》を、たまらずに払《はら》いのけた。朝の満員《まんいん》電車の中で、何がいやかって、サラサラヘアのお姉さんとカシャカシャズンズンのウォークマンほど気にさわるものはない。ものすごく、という形容《けいよう》がぴったりの、ばっちりお化粧《けしょう》したＯＬお姉さんは、あたしをキッとにらんで、払《はら》いのけられたご自慢《じまん》の髪《かみ》をブンとふった。きょうはまだいい。ブンとふる空間が残《のこ》ってるんだもの。あたしも、あのおじさんのことをブンとふって忘《わす》れたかった。あたしは気分を変《か》えようと、首をねじまげ、少し前から登場した中吊《なかづ》り連載《れんさい》小説《しょうせつ》に目をやった。広告《こうこく》のかわりに小説《しょうせつ》。きゅうくつと退屈《たいくつ》がいっぱいつまった通勤《つうきん》電車には、ぴったりだ。中吊《なかづ》り小説《しょうせつ》は小刻《こきざ》みに揺《ゆ》れ、落ちつきがない。読めない字はとばす。けっきょく、頭には何も残《のこ》らず、あたしはまたおじさんのことを考える。隣《とな》りに立って眠《ねむ》そうな目で小説《しょうせつ》を見上げている若《わか》いサラリーマンの右あごに、ひげのそり残《のこ》しが見える。あたしは死んだおじいちゃんの使っていたでっかいジレットで、そのひげをひと思いにそり落としてやりたい衝動《しょうどう》にかられた。

そういえば、あのおじさん、うすくひげがのびていたわ。

あの駅が近づいてきた。おじさん、きょうもいるのかな。あたしは、白い光がなだれこむ窓《まど》に目を向けた。赤いレンガの駅舎《えきしゃ》のはしが流れていく。がっくん、と大きく揺《ゆ》れて電車が止まった。電車の中のにごった空気が、ざわっと動く。あたしは、東側《がわ》のドアに歩いていって、ガラスにぺたんとおでこを押《お》しつけた。反対側《がわ》のホームに止まっている電車のドアにもぺったりはりついた男のひとの顔。あっちは不可抗力《ふかこうりょく》だ。お気の毒《どく》。まるで皮をくるりとはがれたブタさんの頭の皮がはってあるみたい。そのうらめしそうな目がこっちを見ている。ほんとは、もっとハンサムなんだぞ。こうまでして、仕事に行かなくちゃならないなんて。あたしは、ひとごとながらなさけなくなってくる。早く発車して。もう見たくない。きのうからたまっている灰色《はいいろ》のマイナスエネルギーが、あたしの中で出口を探《さが》してあばれてる。

ガラスに磔《はりつけ》になった男の顔を見ているうちに、あたしは「わあっ」と叫《さけ》びたくなった。

「わあ――」

V

きょうは、東側《がわ》のホールへ行くのはよそう。ほんとは途中下車《とちゅうげしゃ》もしないで、まっすぐ家へ帰った方がいいんだろうけど。あたしは、その日一日をすっかりもてあましたまま学校を出た。そして。やっぱり、だれかさんが言ったように「あきもせず」この駅に降《お》りた。東側《がわ》はだめ。ばったり会ったら、どうするの。あたしは西側《がわ》の北口ホールに近い自由通路脇《わき》のセルフサービスの店に足を向けた。

「お、ひさしぶりだな。きょうは何にする？　アルファルファとソーセージのサンドウィッチ、あるよ。あったかいココアといっしょに、どうだ？」

黒のポロシャツ、焦茶《こげちゃ》のエプロンがぴったり似合《にあ》うマコト君が声をかける。カウンターが高いのが難《なん》ありだけれど、この店はあたしのお気に入り。小さなおむすびやひとり分がパックに入ったおそうざいなんかもあって、あたしはここで早目の晩《ばん》ごはんをすませてしまうことも多い。清潔《せいけつ》だし、あたしが子どもだからといってうるさく干渉《かんしょう》もしないから居《い》ごこちがいい。それに、マコト君、ハンサムだし。

あたしはマコト君のおすすめにしたがって、アルファルファのいっぱいつまったライブレッドのサンドウィッチをトレイにのせた。

通路側《がわ》の奥《おく》から三番目のテーブルがあいている。通路側《がわ》はガラス張《ば》りだから、ひとの流れが見えて楽しい席《せき》だ。あたしは、これまたうんと背《せ》の高い、ピカピカのスチールと黒い革《かわ》のイスによじのぼると、ランドセルをおろした。マコト君のいれてくれたココアには、生クリームのホイップがぽってり浮《う》いている。サンドウィッチに巻《ま》きついたセロファンをはずそうとした時だった。右目のはじっこにうつった灰色《はいいろ》のかたまり。あたしは、熱《あつ》いココアのカップをあやうく落としそうになってあわてた。カチャン、と高い音をたてたものの、カップは中身を守りぬいて受け皿に納《おさ》まった。近づいてくる灰色《はいいろ》のかたまり。ガラス一枚《まい》へだてて、おじさんが来る。あたしは、おじさんに気づかれないようにと祈《いの》りながら、ひたすらからだをちぢめた。

ふくれあがって今にもはちきれそうな紙袋《かみぶくろ》が右手に。駅の構内《こうない》にあるデパートの袋《ふくろ》だ。左手にはかなり使いこんだ白のビニール袋《ぶくろ》。コルク栓《せん》をつっこんだワインのビンとトイレットペーパーがチラチラ見える。だらんと下がったレインコートのポケットには、携《けい》帯《たい》用ラジオ。

おじさんは、ガラスのこっち側《がわ》のあたしには目もくれず、漂《ただよ》うように通りすぎていった。からだ中の関節《かんせつ》という関節《かんせつ》がバリバリこわばって音がするかと思ったくらい。あたしは汗《あせ》ばんだ手のひらを紙ナプキンでぬぐった。

「おや、めずらしいな、こんな早い時間に支店長《してんちょう》がこっち側《がわ》に来るなんて」

せっせとテーブルをふいてまわっていたマコト君が、あたしのそばに来てつぶやいた。

「支店長《してんちょう》って、だれ？」

あたしは、マコト君の視線《しせん》が、通りすぎた灰色《はいいろ》のレインコートに注がれているのを感じた。

「ああ、今、歩いてったあのひとのことさ。支店長《してんちょう》ってあだ名でさ、ここの住人。世間じゃ浮浪者《ふろうしゃ》っていってるやつ。ちょっと神経質《しんけいしつ》そうだけど、おだやかないいおっさんさ。君も見かけること、あるだろ？」

「なんで支店長《してんちょう》なのよ？」

あたしはマコト君のエプロンのはしをひっぱった。

「なんでも、名の知れた大企業《だいきぎょう》の支店長《してんちょう》だか部長だか、よく知らないけどさ、昔はエリートサラリーマンだったたって話さ。だから、この駅の中じゃ、みんな支店長《してんちょう》って呼《よ》んでる……あ、いらっしゃいませ！」

カウンターの前にふたりのお客さんを見つけて、マコト君はテーブルふきのタオルを置《お》いたままますっとんでいった。

支店長《してんちょう》、か。

あたしは泡《あわ》のすっかり消えたぺしゃんこのホイップクリームをスプーンですくって口

に入れた。前歯にスプーンがカチンとあたる。

ここに住んでる？　すてきじゃない。エリートやめちゃって浮浪者《ふろうしゃ》？　すごいじゃない。

あたしは、サンドウィッチをもいちどセロファンにくるむと、マコト君にバイバイも言わず店をとび出した。

「おじさん、待って！」

VI

「駅には、いろんな人間が出入りする。だからいろんなことが起こる。ひとの数だけ、な」

「おじさんも、いろんなことのひとつ？」

「え？」

「ううん、なんでもない」

あたしはわざと大きく前髪《まえがみ》をパタパタさせて首をふった。

「おまえさんも、そのひとつだ」

おじさんは、男のひとにしてはきゃしゃな、そして浮浪者《ふろうしゃ》にしては清潔《せいけつ》な手で、あたしの前髪《まえがみ》のパタパタを押《お》さえた。

ちゃんと聞こえてるんじゃない。


あの日、サンドウィッチを握《にぎ》りしめたあたしがおじさんを見つけたのは、北口のドーム天井《てんじょう》の下だった。おじさんは、荷物を両手に持ったまま、ドームを見上げていた。見上げると足元がふわりと浮《う》き上がるみたいな高さを持つこのドームは、赤レンガでできた駅の北と南にひとつずつあって、駅のシンボルにもなっている。いそがしい駅で、ゆったりドームを見上げてるひとなんて、ほかにいるはずもない。まっすぐ前を見てせかせかと歩いていくひとびとの中で、ぽつんと上を見ているおじさんは、まるで丘《おか》の上のキリストみたいだった。

息せききってそばまで走り寄《よ》ったあたしに、おじさんは目もくれない。まず、ごめんなさい、だ。けれどあたしのごめんなさいは、のどの奥《おく》にはりついたまま一歩も動こうとしない。あたしは、サンドウィッチが手の中でつぶれたのを感じながら、肩《かた》をひくひくさせてただつっ立っていた。

「どうだ、この天井《てんじょう》。いつ見てもいいだろう。ローマのパンテオン風だ。駅なのに、まるで神殿《しんでん》の中にいるみたいだ」

おじさんはうっとりした目でドームを見上げ、つぶやいた。あたしは、おじさんのそばにもう一歩近づいて天井《てんじょう》を見上げた。

「ほんと」

こうして、あたしたちは「知り合い」になった。のどの奥《おく》のごめんなさいは、ちょっと乾《かわ》いて、ドーム天井《てんじょう》の奥《おく》に吸《す》いこまれていった。

占い師の娘

I

「あたし、星占《ほしうらな》いで今週の運勢《うんせい》を見たのよ」

おじさんと「知り合い」になった日から四日目。あたしは、例《れい》の応接間《おうせつま》にいた。「東口、地下道入口の脇《わき》、三枚重《さんまいがさ》ねダンボールの上」だ。きょうは、お天気がいいからダンボールもからっとしていて気持ちがいい。

「それでね、その星占《ほしうらな》いによりますと……」

聞いているのだか、いないのだかわからないおじさんの注意を引こうと、あたしは調子を変《か》えた。

「知らないひととお友だちになるなって。おじさん、聞いてる？」

おじさんは、タバコの煙《けむり》を吐《は》くのと同時にやっとのことで「ああ」とつぶやいた。

「そのひとはきっとあたしとは正反対の性格《せいかく》で、ぜんぜんウマが合わないから、だって」

「そうか、正反対か」

聞きとれないほどの低《ひく》い声。だいたいおじさんは、なんでこんな小さな声しか出さないんだろ。

「そう、正反対」

とは言うものの、もちろんあたしはそう感じてはいなかった。くんくんにおいをかいで同じにおいをかぎあてたって、心のどこかで思ってる。もっとも実際《じっさい》にあたしがおじさんと同じにおいを発してたら大変《たいへん》なんだけど。

「今、何年生だ？」

半分のタバコを、そのまた半分まで吸《す》ったところで、おじさんは慎重《しんちょう》な手つきでタバコをコンクリートに押《お》しつけた。半分の半分のタバコは、当然《とうぜん》のことながらポケットに納《おさ》まる。

「四年生よ。ほんとは五年生だけど、いろいろあって四年生。ねえ、おじさんて、ピースしか吸《す》わないのね。不自由《ふじゆう》でしょ？」

「不自由《ふじゆう》？」

おじさんは、ゆっくり目を上げた。

「だって、そればっかり落ちてるわけじゃないでしょ。駅の中の灰皿《はいざら》って、水がはってあるしさ、その辺《へん》にパッと捨《す》てるひとなんて、あんまりいないじゃん。だからそのタバコが拾える確率《かくりつ》は低《ひく》い、でしょ」

「おまえさん、なかなか観察《かんさつ》が鋭《するど》いな。占《うらな》い師《し》か探偵《たんてい》になれるかもしれん」

そりゃそうよ。いつもママが言ってる、いい占《うらな》い師《し》は観察力《かんさつりょく》が発達《はったつ》してるものよって。

「あたし、占《うらな》い師《し》の娘《むすめ》だもん」

おじさんはまゆを片方《かたほう》だけ上げた。信《しん》じていない顔だ。

「どうでもいいけど、あたしのママ、占《うらな》い師《し》よ。それよか、ねえ、どっか行きましょ、応接間《おうせつま》にいるのあきちゃった」

あたしは自分が敷《し》いていたダンボールを、おじさんの紙袋《かみぶくろ》に入れられるようにたたみはじめた。

「そうじゃない、そこを折《お》ると全体がこの袋《ふくろ》のサイズに納《おさ》まらない。こっちを先に折《お》るんだ」

意外ときちょうめんなんだ、おじさんは。あたしは笑《わら》いたいのをぐっとがまんした。

「生まれはどこだ？」

ダンボールが袋《ふくろ》に納《おさ》まると、おじさんはほっとした顔で袋《ふくろ》をパンとたたき立ち上がった。

「バグダッド」

あたしの返事は、おじさんをあきれさせただけ。両手に荷物を持つと、まるで全知全《ぜんちぜん》能《のう》の神様に、このあわれなうそつきの娘《むすめ》をお救《すく》いくださいと言わんばかりにおじさんは空をあおいだ。

「ほんとだってば」

あたしは全速で、足早に先を行くおじさんを追った。

ほんとよ、ねえ、ちゃんと聞いてよ。

足先からおじさんを追う気力がすうっとぬけていく。

あたしはそれでも気を取りなおしてきっちり三十分、ゴミ箱をさぐるおじさんの後をついてまわった。ふたの所がスウィングする金属製《きんぞくせい》のゴミ箱は大きな柱のかげに必《かなら》ずひとつ。そのひとつひとつを、おじさんは念入《ねんい》りに「点検《てんけん》」。あたしも思わず中をのぞきこむ。

「あ、マンガ！」

「わたしはマンガは読まない」

「拾って。それ、あたし読む」

おじさんは知らん顔で次のゴミ箱へと移動《いどう》した。

次のゴミ箱には、先客がいた。柱の反対側《がわ》からは見えにくかったけれど、そのひとはおじさんに比《くら》べると格段《かくだん》にすごかった。あたしもときどき、見かけてはいたが、こんな近くで出会うのははじめて。すごい。そのひとが横綱《よこづな》だとしたら、おじさんなんて序二《じょに》段《だん》くらい。あたしは、おじさんのかげにかくれてあんまり息をしないようにそのひとを見つめた。またしても不遠慮《ぶえんりょ》な視線《しせん》。見たくないけど見たいの好奇心《こうきしん》が、あたしの小さな遠慮《えんりょ》をさっさと打ちまかしてしまった。そのひとの印象《いんしょう》をひとことで言うと、全身が焦茶色《こげちゃいろ》。靴《くつ》は、片《かた》っぽだけ。それもへんに新しくて、ピカピカしてる。すり切れてすそがワカメみたいになった、もとの色が不明《ふめい》のセーターの下から、茶色のシャツがたらんと顔を出し、髪《かみ》も長いあごひげも、いくつかのかたまりになってまるでムースでかためたみたいに、思い思いの方向にピンとつっ立っている。あたしは、もうそれ以上《いじょう》、見ていられなくなって目をふせた。

「や、その子、元気になったねえ」

焦茶《こげちゃ》のひとがあたしを見ている。

「ああ、その節《せつ》はどうも」

おじさんは、まるでサラリーマンみたいな口調で焦茶《こげちゃ》のひとに答えた。

「糸次郎《いとじろう》さんだ、この前、おまえさんがへばっているのを見つけて、わたしに知らせてくれた。助けてやれってね」

へえ。このひとがあたしのこと、見つけてくれたの。

「糸次郎《いとじろう》さん、ありがと」

あたしは息を止めたまま、一歩近づいておじぎをひとつ。

糸次郎《いとじろう》さんが、茶色の顔をくしゃくしゃにして笑《わら》う。前歯が半分ぐらいぬけていて、これまたなんとも言えないんだけれど、その笑《わら》い顔は、あたしの基準《きじゅん》から言わせると、「ものすごくすてき」だった。

「そりゃそうと、これは支店長《してんちょう》向きだな。わしには用がない。日本語の新聞の方が、腹《はら》に巻《ま》いていてもなんだか暖《あたた》かいような気がするからおかしなもんさ。英語《えいご》の新聞は、腹《はら》が冷《ひ》えていけねえ」

糸次郎《いとじろう》さんがおじさんにさし出したのは、四日前のニューヨーク・タイムズ。ほんとにいろんなものが落ちてるんだ、この駅は。あたしは、次のゴミ箱をあけるのがちょっぴり楽しみだった。おじさんがニューヨーク・タイムズを紙袋《かみぶくろ》に押《お》しこむのを見届《みとど》けると、糸次郎《いとじろう》さんが突然《とつぜん》あたしたちの目の前で、それこそ「ゴローン」という感じで床《ゆか》に横たわった。まるで一家の主《あるじ》が居間《いま》のまんなかに大いばりで寝《ね》ころんでるみたい。腕《うで》まくらをした糸次郎《いとじろう》さんは大きなあくびをひとつ。すごい。やっぱり横綱《よこづな》だ。

あたしは、十メートルぐらい歩いてふりむいた。

「糸次郎《いとじろう》さーん。あたしね、占《うらな》い師《し》の娘《むすめ》で、バグダッドの生まれなの。信《しん》じるう」

糸次郎《いとじろう》さんはむっくり上半身を起こした。

「ああ、信《しん》じるとも、じょうちゃんは占《うらな》い師《し》の娘《むすめ》で、バグダッドの生まれだ、ちがいない」

II

秋の夕陽《ゆうひ》が最後《さいご》の光でビルの群《む》れを金色に染《そ》めていく。黄金のビルは、やがて黒々《くろぐろ》とした影《かげ》ぼうしとなって夜の底《そこ》にすべりこむ。あたしはすっかり冷《ひ》えてしまった石のベンチから立ち上がると、ゆっくり駅舎《えきしゃ》の方を向いた。夕闇《ゆうやみ》に包《つつ》まれ、眠《ねむ》りかけていた赤レンガの駅舎《えきしゃ》が目を覚《さ》ます時間だ。まばたきをひとつした次の瞬間《しゅんかん》、光のシャワーが駅《えき》舎《しゃ》を洗《あら》った。赤レンガの屋上やバルコニー、破風《はふ》の角につけられた照明《しょうめい》ライトが青白い光を投げる。駅舎《えきしゃ》は眠《ねむ》そうな目で光の洪水《こうずい》を見回し、おずおずと闇《やみ》の空に立ち上がる。昼間とはまったく別《べつ》の、夜の顔。あたしは、目をつぶって昼間の顔を思い出そうとした。

「おや、君もここか。わたしの年間指定席《していせき》にまで目をつけるとはな。ま、いい。占《うらな》い師《し》のおじょうさん」

足音もたてずに近寄《ちかよ》ってきたのは、おじさんだった。あたしはそれがあたりまえのことに思われて、少しもおどろかなかった。

「あたしが占《うらな》い師《し》の娘《むすめ》だって、信《しん》じた？」

「ああ、それから君はバグダッドの生まれだ」

おじさんの声にはからかっている調子はなかった。あたしたちは、おじさんの紙袋《かみぶくろ》からダンボールを取り出し、石のベンチに置《お》いた。

「少し冷《ひ》えてきたからな」

あたしは風向きを見て、用心深く風上にすわった。

「におうか」

一本だけ立ったひょろひょろの街灯《がいとう》の光が、苦笑《にがわら》いしたおじさんを照《て》らしている。

「これでも、一週間ごとに手洗所《てあらいじょ》でからだをふいて、二か月に一回は風呂《ふろ》へ行くんだ。ここの住人の中じゃ、きれいな方さ。ひげは三日にいちど、髪《かみ》だって一か月に一回は切るしな」

首のすぐ下で切りそろえた髪《かみ》は、ゆるくカールして夜の風にかすかにふるえている。

「おじさん、ばりっとした背広《せびろ》着て、アタッシェケースかなんか下げて、会議《かいぎ》でどんどん発言とかして。そういうの、あきちゃったからここにいるの？」

あたしは聞きたかったことを素直《すなお》に口にする。暗闇《くらやみ》に翼《つばさ》を広げた不死鳥《ふしちょう》のような駅《えき》舎《しゃ》を前に、あたしも昼間のあたしを脱《ぬ》ぎすてた。

「だれにでもある、今の自分じゃない自分になりたいという願《ねが》い――それをある日、実行に移《うつ》した、簡単《かんたん》に言ってしまえばそれだけのことさ。この赤レンガの駅舎《えきしゃ》も、昼と夜じゃちがった顔してるだろ。だれでも変《か》わってみたいんだ」

「でも、この駅舎《えきしゃ》はこの駅舎《えきしゃ》でしょ。中身は変《か》わったわけじゃないもの。外からどう見えるかが変《か》わってるだけ、中身は同じ、よ」

あたしは気づかないうちに、おじさんの何かを刺激《しげき》したにちがいない。あたりの闇《やみ》よりも濃《こ》い沈黙《ちんもく》があたしたちの間に流れをつくった。あたしはその底《そこ》をのぞきこむのがいやで、流れをひと思いにとびこえようと、息を整えた。

「あたしのパパだったひと、百年以上《いじょう》前のじゅうたんを扱《あつか》うのがお仕事だったの。ペルシャとかトルコとか、手で織《お》ったとっても高価《こうか》なじゅうたん。若《わか》い娘《むすめ》たちが柔《やわ》らかい指先で来る日も来る日もじゅうたんを織《お》るの。指先が固《かた》くなったらもうだめ。あんまり大変《たいへん》だったから目が見えなくなるひともいたんだって。細かい結《むす》び目をいくつもつくるの。それでね、そうやって織《お》ったじゅうたんは、百年ぐらい使うと結《むす》び目がぎゅっと締《し》まって、ますますすばらしくなるの。色もつやも、よ。パパはそういうアンティークカーペットの売り買いを専門《せんもん》にするひとだった。だから、あたし、バグダッドで生まれたって、ほんとうよ。バグダッドのことは何も覚《おぼ》えていないけど、イスタンブールは覚《おぼ》えてる。それから、ベルギーのブリュッセル。あたし、二年前にママとふたりで帰ってきたの。空とぶじゅうたんで」

「占《うらな》い師《し》のママか」

おじさんは、例《れい》によって半分の半分のタバコに、ゆっくりとブックマッチで火をつけた。

「そ、でもママははじめから占《うらな》い師《し》じゃなかったの。あっちこっちパパにくっついて歩くうちに星占《ほしうらな》いに興味《きょうみ》を持って、イスタンブールで、なんとかって偉《えら》い占星術《せんせいじゅつ》の先生の弟子になったの。それもパパが原因《げんいん》。パパってお仕事はすご腕《うで》でお金持ちだったけど、性格《せいかく》がどっか懐《こわ》れてたの。ママの流した涙《なみだ》は、あの北口のドーム一ぱい分ぐらいよ」

あたしはパリの北駅のカフェで、焼《や》きたてのクロワッサンをカフェ・オ・レのカップにつっこんだまま、すすり泣《な》きをやめなかったママを思い出す。あたしは七歳《さい》になったばかりだった。冷《つめ》たい灰色《はいいろ》の朝で、カフェの中だけが異常《いじょう》に暑《あつ》かった。北駅前のおんぼろホテルの屋根裏《やねうら》部屋に一か月ぐらい置《お》き去《ざ》りにされたあたしたち。パパはどこかのマダムと恋《こい》に落ちてた。あのころ毎朝、ママは北駅のカフェにすわってパパの帰りを待ってい た、まるで傷《きず》ついたけものみたいな目をして。今思えば、ほんとに映画《えいが》みたい。それもできそこないのくだらない映画《えいが》。あたしは、主人公の娘《むすめ》だった。

「あたしね、あっちこっちパパについてうろうろしてたの。だから学校もあんまり行けなくて、いろんなことママが少しずつ教えてくれたけど、日本に帰ってきたらぜんぜん、歯

がたたない。で、外国帰りの、それも徹底的《てっていてき》におちこぼれた子でも受け入れてくれる今の小学校に通ってるの。それも一年おくれで。……あたし、寒いわ」

夜が足元からはいあがってくる。今まで、だれにも話したことのない「昔のこと」を話したことで、あたしは少しつかれていた。

「かぜひくといけない。きょうはもうおしまいだ」

「おじさん、今から言う番号、覚《おぼ》えて」

あたしは早口で言った。

「四桁《けた》よ。二五七五、いい？　二五七五よ。鈴《すず》のぶらさがったホールに、コンピュータの伝言板《でんごんばん》があるの。暗証《あんしょう》番号、二五七五であたし、メッセージ入れとく。おじさんは二五七五でそれを呼《よ》び出すの。ただでプリントもしてくれるから、それ見てあした駅のどこかで会いましょ。今まで、相手がいなかったから、自分で入れたのを自分で呼《よ》び出してたの。つまんなかった。ね、いいでしょ、二五七五よ！」

III

あたしたちは、二五七五で五回会った。「こんにちは、おじさん。あたし占い師《うらなし》の娘《むすめ》、バグダッド生まれ。きょうは〇〇で四時半に。では」。メッセージは画面に直接指《ちょくせつ》で書く。落ちあう場所をインプットしたら、そこでおじさんが現《あらわ》れるのをひたすら待つ。お金を払《はら》わなくても入れて、しかもおもしろい所なんて、いくら広い駅だといっても、そんなにたくさんあるはずはない。でも場所はあんまり問題じゃなかった。というより、ほんとはどこでもいい。あたしにしてみれば遊んでくれる相手がいるだけで十分満足《まんぞく》なのだから。あたしの書いた誤字《ごじ》だらけのメッセージをひらひらさせ、開口一番《かいこういちばん》、「この字は、またちがってる」としぶい顔をするおじさんを見るのもなぜか愉快《ゆかい》で、きっとこのひとは口うるさい管理職《かんりしょく》だったにちがいないと想像《そうぞう》しながら、ひとりでクスリと笑《わら》ったりもした。

その日、あたしが指定したのは、南口ドームの改札口《かいさつぐち》近くだった。やっぱり駅ってミステリーとかサスペンスドラマの舞台《ぶたい》だ、と感じさせる、ちょっとぞくぞくするいわくつきの場所——とは言っても床《ゆか》に四角いみかげ石がはめこまれていて、まんなかにへんてこな印《しるし》がついているだけなんだけど。ともかく、そこは歴史的《れきしてき》に有名な「暗殺《あんさつ》の現《げん》場《ば》」だった。説明《せつめい》のプレートには、今から八十年近くも前に首相が刺《さ》された所と書いてある。おじさんが事件《じけん》の背景《はいけい》とかその時代のことについてボソボソと解説《かいせつ》してくれたので、そのへんてこな印《しるし》がただの印《しるし》とは思えなくなった。あたしはなんでもすぐに「その気」になる。つまり想像力《そうぞうりょく》がゆたかなんだ、と以前《いぜん》ママに言ったら、あんたはただのおっちょこちょいよ、と笑《わら》われたけれど、あたしはそれをちっとも悪いこととは思っていない。

「グサリ、あああ……」

あたしは暗殺現場《あんさつげんば》にばったり倒《たお》れこんだ。ばったりといっても、どこか打ったりして痛《いた》い思いをするのはいやだから、そっと手をつきながら。

「おい、どうした、大丈夫《だいじょうぶ》か」

いきなり倒《たお》れたものだから、おじさんは両手の荷物を放り出し、あわててあたしの上にかがみこむ。におう、少し。あたしは片目《かため》をあけた。

「平気。あたしは元気。その首相がどんな気持ちだったかなあ、と思って。ね、あたし、今、全身で歴史的大事件《れきしてきだいじけん》を体験《たいけん》してるのよ」

「バカ、さっさと起きろ」

そんな間も改札口《かいさつぐち》から吐《は》き出されるひとびとは、無表情《むひょうじょう》にあたしたちの脇《わき》を流れていく。みんな例《れい》によって前を見つめたまま。ときおりいぶかしげな視線《しせん》が飛沫《ひまつ》のようにふりかかるけど、それ以上《いじょう》、踏《ふ》みこむことは決してない。あたしたちは急流の中のじゃまな石みたいなもので、流れはそこでさっと左右に分かれ再《ふたた》び何ごともなくひとつの流れにかえっていく。

あたしは急にばかばかしくなって、おじさんのさし出した手を無視《むし》したまま立ち上がろうとした。

その時。流れのむこうで何か白いものがすばやく移動《いどう》した。

「あ、ネコ！　いつか見た、あのネコ！」

白い小さな物体は、出口近くの鉄の扉《とびら》にあっと言う間に吸《す》いこまれていった。

「おじさん、ネコがいた。白いネコ、あの扉《とびら》のむこうに走りこんだ、ねえ、見た？」

おじさんは、またはじまったという顔でドーム天井《てんじょう》をあおいだ。もうおじさんなんかにかまっちゃいられない。あたしは露骨《ろこつ》にいやな顔をするひとたちを手荒《てあら》くかきわけ、扉《とびら》に向かって走った。

どこに通じているのかわからないがんじょうな扉《とびら》。あたしは扉《とびら》の前で息をのんだ。

そんなばかな。

つい今しがたネコが走りこんだはずの扉《とびら》は、ぴったり閉《と》じられたままで、半円形の引き手を引っぱってもびくともしない。鍵《かぎ》がかかってる！

「どうして？　今、ネコがたしかにこの扉《とびら》のすき間から……中へ……うそ」

「さあ、もういいだろ、目のまよいだ。ここはいつも鍵《かぎ》がかかってる。あかない扉《とびら》なんだ。ネコがいたとしても、ここには入れない」

いつの間にか後ろに立ったおじさんは、根のはえたようにつっ立っているあたしの肩《かた》を強い調子で揺《ゆ》さぶった。

ぱん。

例《れい》によって、からだの奥《おく》の赤い玉がはじけ散《ち》る。

「あたし、見たもん、うそじゃない、見たのよ。どうしてあたしを信《しん》じてくれないの、おじさんの目は役たたずよ」

「いいかげんにしないか、そんな大声を出すのはやめてくれ、ひとが見ている」

「ひとの目を気にするより、あたしの言ってることを気にしてよ」

これが争《あらそ》いと言えるならば、「知り合って」以来《いらい》、はじめての争《あらそ》いだった。おじさんはだんだん本気でおこりはじめている。はじけ散《ち》った赤い玉のかけらが、からだ中でチクチクする。だれがなんと言おうと、白いネコはこの扉《とびら》から入っていったんだ。

あたしは、最悪《さいあく》の気分のまま、低《ひく》い声でさよならを言った。外は雨が降《ふ》り出し、湿《しめ》った灰色《はいいろ》の空気が壁《かべ》にそってドーム天井《てんじょう》をはい上がろうとしていた。

小さな自転車の旅

I

「ねえ、ここで自転車に乗ったらどうかしら」

「どういうことだ」

四分の一ほど残《のこ》った赤ワインのビンをいとおしそうになでながら、おじさんは顔を上げた。それにしても、どこからワインを拾ってくるんだろう。

「自転車よ、自転車でこの駅の中を走り回るのよ、きっとだれもしたことないはずよ。ねえ、ぜったいおもしろい。やってみようよ、ね」

白ネコ事件《じけん》の日からぴったり四日間、あたしは伝言板《でんごんばん》にメッセージを入れなかった。ママの占《うらな》いの本によると、今週は「四」が不運《ふうん》の数字だった。五日目、いやな気分の霧《きり》もやっと晴れ、あたしは朝の満員電車《まんいん》の中で思いついた「自転車乗り」を提案《ていあん》するため、再《ふたた》び二五七五のボタンを押《お》した。

「わたしは、君にはついていけないよ。駅で自転車を乗り回すなんて。だいいち、自転車はどうする」

「その辺《へん》に置《お》いてあるのを借《か》りるのよ。だめかしら」

「あたりまえだ。わたしはこう見えても、ひとのものに手をかけたことはないよ」

語気が強まる。こみ上げてくる怒《いか》りが、赤い色でおじさんの顔を染《そ》める。

「じゃ、あたしの持ってくる。折《お》りたたみのミニサイクルがあるの。ちょっと重いけど、大丈夫《だいじょうぶ》。なんとかするから、ね、それ持ってきたら、いっしょに乗ってくれる?」

おじさんは返事をしなかった。「応接間《おうせつま》」のダンボールは、はしがすり切れ、軽くふれただけでもポロポロ落ちる。また、どこかで拾ってこなくちゃね。

「おじさんだって、たまには変《か》わったことしたいでしょ。それに長いこと自転車、乗ってないんでしょ、気持ちいいわよ、きっと」

一瞬《いっしゅん》、おじさんの目が遠くをさまよう。

「そうだな、もう何年も乗ったことがない」

「じゃ、乗ろうよ、いいでしょ、きまりよ」

あたしは、それに続《つづ》くおじさんの沈黙《ちんもく》を了解《りょうかい》の印《しるし》と受け取った。

「やあ」

あたしは自転車計画に夢中《むちゅう》で、「応接間《おうせつま》」の前を通りすぎた影《かげ》に気づかなかった。

「や、どぉも」

おじさんが軽く返事を返したそのひとは、きゃしゃなからだを駅員の制服《せいふく》に包《つつ》んだ三十代の男性《だんせい》だった。やせっぽちで背《せ》が低《ひく》いから、制服《せいふく》が余《あま》ってるみたい。いそがしそうにせかせかした足どりで改札口《かいさつぐち》を目ざしている。

「今のひと、知り合い？」

「ああ、うん、まあそうだな」

おじさんはやせっぽちの背中《せなか》を追ってまぶしそうな目をした。

「おかしなものだ。今の駅員は改札《かいさつ》にいるひとだけれど、ちょっと特徴《とくちょう》のある顔してるだろ、ネズミに似《に》てるな……わたしはもうずいぶん以前《いぜん》から知ってるんだ、彼《かれ》のことは」

「以前《いぜん》からって？」

「わたしがここに住むようになる前という意味さ。つまりネクタイしめて、背広《せびろ》着てこの駅を家庭と会社の行き帰りに毎日利用《りよう》してたころってことだ。毎朝、見かけるんだな、同じ時刻《じこく》に改札口《かいさつぐち》で。松永《まつなが》さんていうんだが、わたしは彼《かれ》を知っていても、彼《かれ》はわたしを知らなかった。というより、何万という通勤客《つうきんきゃく》のひとりなんだから、知らなくて当《とう》然《ぜん》さ。まあ、大ざっぱに言えば、わたしには〝顔〟なんてなかったんだ。ところが、ここに住んでみると、事態《じたい》は変《か》わったね。わたしは、その他大勢《おおぜい》じゃなくなった、つまり〝顔〟ができた、いやもどってきたと言うべきかな」

応接間《おうせつま》にすわっているあたしたちの前を、ばりっとした服装《ふくそう》の、「その他大勢《おおぜい》」が通りすぎる。

「その他大勢《おおぜい》の流れから、ふいっとはずれたとたんに、彼《かれ》はわたしという人間の〝顔〟を認《みと》めてくれたんだ。やっかい者かもしれないが、ともかく〝顔〟がある。おかしなものさ、その他大勢《おおぜい》といったって、みんななんとか会社の何なにという、社会的《てき》に認知《にんち》されているはずの人間たちだ。現《げん》にわたしだってそうだった。ところが、彼《かれ》にとってみれば、そのひとがどんな大会社の役職《やくしょく》にあろうとなかろうと、そんなことはまったく関《かん》係《けい》ない。通勤《つうきん》にこの駅を利用《りよう》するただの客にすぎないんだ。それが、やっとわかった。どうだ、わかるかな」

「わかるような気がする。あたしだって、今のおじさんじゃなかったら、こうしておしゃべりなんかしてないもん」

あたしたちは黙《だま》って改札口《かいさつぐち》に吸《す》いこまれるひとを見ていた。通勤客《つうきんきゃく》にまじって、あわただしい夕方の流れに乗りきれない、ワンテンポおくれる団体客《だんたいきゃく》が、小旗《こばた》を持った引率《いんそつ》の男にせかされながら改札口《かいさつぐち》に向かっている。どこかの観光地《かんこうち》を宣伝《せんでん》するブースでは、はっぴを着たひとたちが、足早にホールを横切る通勤客《つうきんきゃく》にパンフレットを渡《わた》そうと懸命《けんめい》に声をはり上げる。

夕方のざわめきに包《つつ》まれた構内《こうない》は、まるで生きているもののように活気づく。そんな中で、あたしたちの応接間《おうせつま》だけが、しんと静《しず》まりかえっている。

「自転車、乗ろうじゃないか。ただし、少し早目の時刻《じこく》がいい。混《こ》んでる時は、やっぱり迷惑《めいわく》だからな」

「ねえ、その前にどこかでお風呂《ふろ》はいってね」

あたしは言いながらほっぺたがぱあっと赤くなるのを感じた。

おじさんはゆっくりと立ち上がった。

「どこへ行くの？」

「夕食の算段《さんだん》をしなくちゃな」

あたしは帰る時間だった。あいかわらず、これ以上《いじょう》、入らないというほど何かがつまっている紙袋《かみぶくろ》を両手に下げたおじさんが、自由通路のむこうにゆるゆる移動《いどう》していくのを見届《みとど》け、あたしも家路を急ぐひとの流れに乗って改札口《かいさつぐち》に向かった。

II

満員《まんいん》の通勤《つうきん》電車に自分でも持てあますほどの大きな荷物を持ちこむなんて、はた迷惑《めいわく》だということぐらい言われなくてもわかってる。折《お》りたたみのミニサイクルは、思ったよりずっとかさばった。けさはめずらしくママが小さなパンケーキを焼《や》いてくれたから助かったけれど、いつもみたいに腹《はら》ペコ熊《くま》チャンだったら、あたしは電車の中で貧血《ひんけつ》でも起こしていたにちがいない。途中下車《とちゅうげしゃ》して手荷物一時預《いちじあず》かり所にこれを預《あず》けるまでは、倒《たお》れるわけにもいかなかった。こんなものを学校まで持っていくなんて考えただけで目まいがする。

このミニサイクルは、旅の暮《く》らしが長かったあたしの必需品《ひつじゅひん》だった。どこでもすぐに遊べるようにと、パパが買ってくれたものだ。あたしは一瞬《いっしゅん》、パパの顔を思い浮《う》かべた。組み立てが簡単《かんたん》で超軽量《ちょうけいりょう》とはいっても、やっぱり自転車だ。あたしみたいなチビがひとりで満員《まんいん》電車に持ちこむのは、しょせん無理《むり》がある。それに通勤《つうきん》電車のひとたちは、びっくりするほど冷《つめ》たかった。あたしがどんなにうんうん汗《あせ》を流して、この大荷物を乗せたり降《お》ろしたりしても、だれひとり手をかそうとはしない。いったいどうなってるの。通勤《つうきん》時間にすっぽりはまったひとたちは、その間だけ人格《じんかく》が変《か》わっちゃうんだろうか。

ともかくあたしは「大迷惑《だいめいわく》」というレッテルを貼《は》られたまま、通勤《つうきん》電車の一時《ひととき》をじっと耐《た》えた。それだけに、「自転車乗り」の待ちどおしさは口ではとうてい言えないほどで、ようやくの思いでたどりついた学校では、教室の正面にかかっている丸い古びた時計の針《はり》を指でくりくり回したい気持ちとたたかうために、あたしはかたい木のイスの上でじりじりと汗《あせ》をかいた。

「こっちのネジをまず締《し》めて。それからここ。あ、チェーンをかけるのが先だ。ねえ、おじさん、早く。あたしもう一日中、これだけが楽しみで生きてたのよ」

「大げさなことだ、まあ待て。ちゃんと点検《てんけん》してからだ。それにしても、こんな小さな自転車に、どうやっていっしょに乗るんだ？」

おじさんはタイヤの空気圧《くうきあつ》を調べた後、やれやれという顔であたしと自転車を見くらべた。

「大丈夫《だいじょうぶ》だったら、あたし、パパとふたりでこれに乗ったことあるんだから。あたしは後ろに立てばいいの、おじさんの肩《かた》を持って。平気、平気」

「そうか、ま、いいだろう。それじゃ、どこから行くかな」

壁《かべ》ぎわにダンボールで慎重《しんちょう》に〝かこい〟をつくって、いつもの荷物とあたしのランドセルを隠《かく》した後、おじさんは覚悟《かくご》を決めたとばかりに自転車に手をかけた。

「ほんとはね、入場券《にゅうじょうけん》買って、この前できたばかりの地下駅へ行けるといいんだけど。あんまりひとがいなくなってうんと広くって、色が次つぎ変《か》わるライトとか小さな川とかがあってすてきなの」

「自転車を押《お》して改札口《かいさつぐち》を通るのかい？　そりゃ、乗る前からつかまってしまう。まあ、とりあえずこのあたりを軽く走るか。ドームの方までだれにも止められずに行ければ、さぞかし愉快《ゆかい》だろうが、まず無理《むり》だな。ともかく、目立たないように行こう」

Ⅲ

自転車はヨタヨタと走りはじめた。思ったより構内《こうない》は混《こ》んでいて、おじさんはひとをよけるのに苦労《くろう》している。信《しん》じられないものを見るような目で、あたしたちをさけるひとたちの顔が、いくつも後ろへとんでいく。

「もっと速く。髪《かみ》がなびくぐらいに、ねえスピード上げて」

「ばかなことを。わたしの身にもなってくれ」

キオスクのおばさんがぽかーんと口をあけている。夕刊《ゆうかん》の束《たば》を運んできた若《わか》い男は、ピューッと口笛を吹《ふ》いた。あたしは足でバランスをとりながら手をふった。

「あ、糸次郎《いとじろう》さんだ。糸次郎《いとじろう》さーん」

柱のかげでゴミ箱に首をつっこんでいる糸次郎《いとじろう》さんが、ゆっくり顔を上げた。あたしの大好《だいす》きな笑《わら》いが顔いっぱいに広がる。

「おう、これは楽しそうだ。ぐるっと一周《いっしゅう》しといで。いい旅を、な」

あたしは力いっぱい手をふった。

「たのむから、そんなにぐらぐらさせないでくれ。日ごろの運動不足《ぶそく》がたたって、もう息が続《つづ》かない」

それでもおじさんはペダルを懸命《けんめい》にこいで、スピードアップに成功《せいこう》した。おじさんの灰色《はいいろ》のレインコートがパタパタ音をたて、あたしの髪《かみ》も後ろになびく。南のはしまで来た時だった。頭の上には「駅長室」の大きな標示板《ひょうじばん》。あたしは、いやな予感がして、

後ろをふりむいた。何人かの駅員が、口ぐちに何か叫《さけ》びながら、あたしたちを追っかけてくる！　まずい。

「おじさん、後ろから追っかけられてるの。ぐるっと大きくUターンして、早く！」

あたしはふり落とされまいとおじさんの肩《かた》にしがみつく。

「待ちなさい！　こんな所で自転車を乗り回すなんて、どういうつもりだ。早く、止まりなさい！」

とぎれとぎれに耳にとびこむ制止《せいし》の声は、あたしをますます調子づかせてしまった。ねじが一本とんだみたいになって、笑《わら》いが止まらずふりむくと、追ってくるひとの数が少しずつ増《ふ》えている。それにしても、おじさんは次つぎとゆく手に現《あらわ》れるひとたちをじつにみごとにかわしてぐんぐんスピードを上げる。

「おじさん、うまい」

「ああ、わたしはむかしから運転がうまかった。車もひとも、自転車も！」

おじさんの興奮《こうふん》が自転車の振動《しんどう》に乗って伝《つた》わってくる。あたしたちは、自由通路の入口に向かって突進《とっしん》した。

「止まれ！　と・ま・れ！　支店長《してんちょう》、止まってくださーい。ストップ！」

あたしたちの前に立ちはだかったのは、あの改札口《かいさつぐち》の松永《まつなが》さんだった。両腕《りょううで》を大きく頭の上で交差《こうさ》し、足を開いて必死《ひっし》の顔つきだ。あたしは大笑《おおわら》いしそうになったが、よく考えると笑《わら》ってる場合じゃないような気もする。

自転車が止まった。旅は、終わりだった。

Ⅳ

「さあ、ふたりとも、そこにすわって。話を聞こうじゃないか」

あたしたちはたしかに自由通路を通って北口ドームに到達《とうたつ》した。ただし、自転車に乗ってではなく、まわりを制服《せいふく》の男たちに囲《かこ》まれながらトボトボ歩いて、だ。あたしたちの連《つ》れてこられたのは、北口の鉄道公安室《てつどうこうあんしつ》。レイルウェイ・ポリス・オフィス。ポリスってところが緊張《きんちょう》する。あたしたちは、入口のカウンターの脇《わき》を通りぬけ奥《おく》の取り調べ室とおぼしき小部屋に入った。イスがかたくてひんやりしてる。窓《まど》のないこの部屋で、さっきまでの興奮《こうふん》が血の気が引くように消えていくのを感じながら、それでもあたしは楽観《らっかん》していた。だって、たかが自転車で駅の中を走ったぐらいで、ケームショへ入れられるはずもないじゃない？

「支店長《してんちょう》、どうしてあんたみたいな分別《ふんべつ》のあるひとが、こんなことをしでかしたんだね」

〝しでかした〟なんて、大げさだわ。

あたしは吹《ふ》き出しそうになるのをぐっとこらえた。公安官《こうあんかん》のひとりが、おじさんにタバコを一本ぬいてすすめる。

「いいえ、わたしは……」

「ピースじゃないもんね」とささやいたあたしをおじさんがジロリとにらんだ。

「いいかい、あんまり言いたくはないが、あんたは『構内不法立入者《こうないふほうたちいりしゃ》』なんだ。わかってるだろ？　そもそも、ここに住んでること自体が不法行為《ふほうこうい》なんだ。だが、当駅の方針《ほうしん》としては、あんたがたを追い出したりはしていない。わかるだろ、わたしの言いたいことが」

おじさんは、うつむいたままだ。

「さて、おじょうちゃん、まずあなたの名前を聞かせてほしいな。それと住所、連絡《れんらく》先、お父さんお母さんのお名前も、ね」

ちょっとやさしそうな顔の若《わか》い男が、背中《せなか》がゾクゾクしそうな声でそう言うと、あたしの前にすわった。

「ねえ、あたしたちのしたこと、そんなに悪いこと？」

出だしの声がかすかにふるえた。いくじなし。

「ああ、いけないことだ。みんなに迷惑《めいわく》だからね」

「駅の中で募金《ぼきん》活動したり演説《えんぜつ》したりしちゃいけないって書いてあるけど、自転車に乗るななんて書いてないわ」

あたしは、おじさんをねちねち責《せ》めた最初《さいしょ》の男を見上げた。

「書いてないけど、いけないんだ。『往来妨害《おうらいぼうがい》』、つまり行き来するひとたちのじゃまになる行為《こうい》は、してはいけないことになってるんだ。それに、止まれと言っても止まらず走り続《つづ》けただろう、あれは『公務執行妨害《こうむしっこうぼうがい》』だ」

何よ、それ。

「ともかく、いいからさっさと名前を言いなさい。言うとおりにしないと、ほんとうにおこるよ」

ねちねち男の語気が強まった。あたしは少しこわくなった。

「くれない・まなこ。十歳《さい》よ。ママの名前は、くれない・あさこ。占《うらな》い師《し》」

おじさんが横目でチロリとあたしを見た。そう言えば、あたし、おじさんが聞かないものだから名前すら教えていなかったんだ。

「くれない・まなこ？　ねえ、おじょうちゃん、おとなをからかっちゃいけないよ、それほんとの名前かい？」

あたしは、ほんとに頭にきた。

「たしかに変《か》わった名前かもしれないけど、くれない・まなこがあたしの名前なの。占《うらな》い師《し》のママは、くれない・あさこ。くれないは、紅《べに》って書く。まなこは、真実の真に、名前の名、子どもの子。いい名でしょ、パパがつけたの。世界中でいちばんすてきな名前よ！」

〝取り調べ〟って、ほんとにくだらない。映画《えいが》に出てくる「心理的《てき》なかけひき」なんて、ぜんぜんない。質問《しつもん》は、おうちはどこ？　なんて調子だもの。あたしは退屈《たいくつ》で死にそうだった。

「じょうちゃんは、おうちのひとが迎《むか》えにくるまでここにいてもらうよ。学校には言わないが、もうあんまり用もないのに駅をウロウロしないことだな。早くうちへ帰って勉強しなくちゃな。わたしの息子なんか、週四回、塾《じゅく》でがんばってる。君と同じ四年生だ。いいか、わかったね」

週四回も？　ご苦労《くろう》さま。おちこぼれのあたしには関係《かんけい》ないの。でも、おちこぼれでよかったわ。

あたしは心の中で、さんざん悪態《あくたい》をついていた。

「あたし、ひとりで帰れます。ママはお仕事だし、べつに迎《むか》えにきてもらうこともないと思うの」

「ひとりで帰れるのはわかってる。だがね、わたしたちはママにお話があるんだ。いいね、わかるね」

アカンベーだ。何がママにお話よ、ねこなで声、出しちゃって。そういえば、あのネコ、どこ行っちゃったのかしら。
あたしはつかれて眠《ねむ》くなった。

「さ、ともかく支店長《してんちょう》には、ゆっくり頭を冷《ひ》やしてもらわなくちゃな。立ってください」

ゲジゲジまゆ毛だけが生きてるみたいな中年の公安官《こうあんかん》が、おじさんを立たせた。

「おじさんをどこに連《つ》れてくの？　もしかして、ケームショ？　それならあたしも行く。あたしが自転車に乗ろうってさそったの。だから、あたしが主犯《しゅはん》よ。だから、あたしが……」

まわりの男たちは、いっせいに笑《わら》った。

「いいんだ、いいんだ。ともかく、君はおうちへ帰るんだ。さ、支店長《してんちょう》……」

「おじさん！」

あたしは涙《なみだ》が出そうで、くちびるがふるえた。おじさんはふり返らずそのまま男たちに連《つ》れられて部屋を出ていった。灰色《はいいろ》のレインコートがいつもよりずっとずっとくたびれて見え、あたしはひどくみじめな気分だった。

V

「さ、起きて。おうちへ帰るのよ。さあ」

ママの香水《こうすい》のにおいがする。あんまり好《す》きじゃないけど、ママのにおいだ。オリエンタルノートの濃《こ》い香《かお》り。ミステリアスなお仕事にぴったりよ、ってママが言ってた。南国の花のにおい。深い闇《やみ》に咲《さ》く色あざやかな花の……。

「いいかげんにしてちょうだい」

あたしを見おろしていたのは、ママの目じゃなかった。ぽってりした一重《ひとえ》まぶた。アイシャドウ、ばっちり。なんだ、秘書《ひしょ》の麻依子《まいこ》さんじゃないか。あたしは、もいちど目を閉《と》じる。

「寝《ね》てる場合じゃないでしょ。先生も、とっても心配してらっしゃるわ」

「ママはどうして来ないの？」

麻依子《まいこ》さんは長いまつげで二回大きくまばたきして「困《こま》った顔」を追いはらい、き然《ぜん》とした調子で言った。

「先生は、とても大切なお客さまに手をとられてるの。名前を聞いたらあっとおどろくような大スターが来てらっしゃるの。うちの大切なお客さま、いい？　わかるでしょ」

「あたしより大切なひとってわけね。わかったわ、とってもよく、ね。麻依子《まいこ》さん、どうしてママと同じ香水《こうすい》、つけてるの」

公安官《こうあんかん》のひとがかけてくれた毛布《もうふ》をはねのけて起き上がる。悲しくはなかった。ママが来てくれるなんて、はじめから思ってはいなかった。麻依子《まいこ》さんはシャネルスーツの胸《むね》をかきあわせると、キッとした調子で、

「先生にいただいたのよ、それがどうかして？」と言いながら、すばやく毛布《もうふ》に手をかけた。

「あたしがたたむからいい」

あたしは、麻依子《まいこ》さんの手からひったくった毛布《もうふ》に顔をうずめて泣《な》きたかった。

「おいそがしいのはわかりますが、お子さんをしっかり見てあげてくださいよ。いや、こりゃあなたに言ってもしかたないな。その、つまりこのお子さんのお母さんに、お伝《つた》えください。くれぐれも、ですぞ。や、ご苦労《くろう》さまでしたな」

ひとのよさそうな公安官《こうあんかん》が、背《せ》のすらりと高く、とびきり美人の麻依子《まいこ》さんを前にうっすら汗《あせ》をかいている。

あたしは「お世話になりました」と頭を下げている麻依子《まいこ》さんを置《お》き去《ざ》りにしたまま、さっさと自由通路に向かった。

「お、来た来た。どしたんだ、いったい？　心配してたんだぜ。公安《こうあん》さんに囲《かこ》まれて支《し》店長《てんちょう》と君がこの前を通っただろ、おれ、心配でさ。ま、入れよ」

セルフサービスの店のマコト君が、店の外に立ってあたしを待っていた。あたしは髪《かみ》をふり乱《みだ》してかけてくる麻依子《まいこ》さんを無視《むし》し、マコト君に肩《かた》を押《お》されるまま、食べ物とコーヒーのやさしいにおいが立ちこめる店の中に足を踏《ふ》みいれた。

「待ちなさい！　真名《まな》ちゃん、そんな所に寄《よ》り道して。まっすぐおうちへ……」

麻依子《まいこ》さんの息が切れる。

「すっげえ美人だな。あれ、君の何？　姉さん？　だったら紹介《しょうかい》してよ」

うっとりと麻依子《まいこ》さんを見つめるマコト君の足を、あたしは思いきりふんづけた。軽《けい》薄《はく》な男は、キライよ。

「どうでもいいけど、あたし何か食べたい」

トレイに手をのばしたとたん、麻依子《まいこ》さんの白い手がトレイにのびた。

「きょうは夕ごはん、ぬきよ。先生にそうするようにって言われてるの。罰《ばつ》よ。わたしを悪く思わないでね。さ、行きましょ」

あまりに美人でおまけにすごくキーの高い声だったから、お店にいたひとの目は全員、麻依子《まいこ》さんに釘《くぎ》づけになった。あたしはそれだけでもう十分はずかしかった。マコト君に目でバイバイを言うと、あたしはまたもや麻依子《まいこ》さんを無視《むし》してお店を出た。ラッシュをすぎた自由通路は、思ったよりひともまばらで、ときおりゾクッとするような冷《つめ》たい風が吹《ふ》きぬける。

「真名《まな》ちゃん、あなた、ランドセルどうしたの」

麻依子《まいこ》さんのハイヒールのかかとの音が、がらんとした通路に高くひびく。

いいもん、ランドセルなんて。それよか、おじさんの荷物、大丈夫《だいじょうぶ》かな？　あっちの方が全生活がかかっている分、ぜったいに大事なんだ。

それにしても、おなかがすいたと思った時だった。あ、レモンキャンディ！　五メートル先に落ちているのは、たしかにレモンキャンディだ。箱のすみが踏《ふ》みつぶされて中身が少しはみ出てはいるものの、まだ二、三個は食べられるのが入っている気配。あたしは、おじさんといっしょにいるうちに、こういうカンが働《はたら》くようになっていた。口の中にじわっとすっぱいつばがわく。レモンの香《かお》りがあたしを呼《よ》んだ。

「何してんの！　真名《まな》ちゃん、あなたはどうかしてるわよ。そんなもの捨《す》てなさい。浮《ふ》浪者《ろうしゃ》なんかとつきあうから、そんなはしたないまねが平気でできるのよ。それとも、わたしに対するあてつけなの？　なんていやな子。ともかく、先生に報告《ほうこく》しますからね。

ああ、お気の毒《どく》な先生……」

何がお気の毒《どく》よ。お気の毒《どく》はあたしの方よ。もう、ほっといて。

あたしは思いきりアカンベーをすると、レモンキャンディを握《にぎ》りしめ全速力でかけ出した。あんな高いハイヒールはいて、あたしに追いつけるわけ、ないじゃない？　くやしかったら、ここまでおいで！　だ。

VI

「糸次郎《いとじろう》さん、よくそんなに陽気でいられるわね」

おじさんが連《つ》れていかれて二日目。あたしは、おじさんの荷物の見張《みは》り番をしている糸次郎《いとじろう》さんのそばにいた。そばといっても、おたがいの話がまあまあ聞きとれるぐらいの距離《きょり》をおいてだけれど。においは慣《な》れる、というのは糸次郎《いとじろう》さんの場合、あてはまらないとあたしは思う。半径《はんけい》五メートル以内《いない》は、頭がくらくらするんだからしかたがない。あまりはなれるのは失礼《しつれい》かもしれないが、目の前であたしが吐《は》いたらもっと失礼《しつれい》だ。糸《いと》次郎《じろう》さんは茶色に変色《へんしょく》したおなかのあたりをポリポリかいた。

「そうとも。陽気にしていると健康《けんこう》にいいってね、西洋の偉《えら》い思想家が言ったそうな。あたってるね。いいか、じょうちゃん、今、陽気になれとは言わねえよ。だがなあ、くよくよしたってどうにもならねえことは、どうにもならねえんだ。むだってことさ、腹《はら》へるしな。あしたになりゃ、また風向きも変《か》わるし、支店長《してんちょう》も出てくるさ」

糸次郎《いとじろう》さんはところどころ歯のぬけた口をなかば開いて、ファガファガと笑《わら》った。陽気にはなれなかったけれど、あたしは糸次郎《いとじろう》さんがおじさんやあたしよりなぜかずっと自由だと感じていた。

ランドセルは、糸次郎《いとじろう》さんの手でしっかり保護《ほご》されていて、あざやかな赤と黄のツートンカラーを「陽気に」笑《わら》わせたまま、あたしのもとへもどってきた。ちょっとだけ、糸次郎《いとじろう》さんのにおいをつけて。

Ⅶ

C６２１５。直径《ちょっけい》二メートル近くもある動輪《どうりん》が三つ。二度と動かない蒸気機関車《じょうききかんしゃ》の下半身の化石だ。あたしは、地下コンコースの「動輪《どうりん》の広場」で、この化石が銀色に光る線路の上をひたすら走っていく姿《すがた》を思いうかべていた。蒸気機関車《じょうききかんしゃ》が実際《じっさい》走っている所を見たことはないけれど、にぶく光るクランクが規則《きそく》正しく動きはじめ、やがて機《き》関車《かんしゃ》全体が目を覚《さ》ました鉄の動物のようにスピードをあげる様を頭に描《えが》くことは簡単《かんたん》だった。幻《まぼろし》の上半身が力をこめて引く客車には、あたしとママが乗っている。おじさんや陽気な糸次郎《いとじろう》さんの顔も見える。あたしたちはパパに会いに行くんだ……。

大理石の台座《だいざ》の上で飾《かざ》り物になった動輪《どうりん》は、ママの空とぶじゅうたんと同じで頭の中でしか走りはしない。あたしは自分のまわりのことが、自分の思ったとおりになんて、決して動いてはくれないことをずいぶん小さいころから知っていたような気がする。期待すると、必《かなら》ずと言っていいほど思いがけない方向から小石がとんできて、そのたびにあたしのひざっこぞうには見えないアザが増《ふ》えていく……。

あの日だってそうだった。公安室《こうあんしつ》から帰った夜。あたしはベッドにもぐって、ママの帰りを待っていた。しかられてもいいから、ママに何か言ってほしかった。言ってもらえるのが当然《とうぜん》と思っていた。けれど、またしてもとんできたのは、石つぶて。ま夜中をすぎて鍵《かぎ》をあけたママは酔《よ》っているらしく、小さく「アニー・ローリー」のメロディをハミングしながら、あたしの部屋をすどおりしていった。

ころんだジャックは起き上がり
全速力でママの待ってるおうちに向かって

走っていった。
ママはお酢《す》と茶色の油紙で
ジャックの傷《きず》を手当てした。

あたしはひと晩《ばん》中、暗がりの中でマザー・グースの「ジャック・アンド・ジル」をくり返していた……。

目の前の動かないC62。あたしは目を閉《と》じる。列車の窓《まど》からママの横顔が消えた。次の窓《まど》には、おじさんがいる。力なく遠くを見ている青白い横顔。隣《とな》りの席《せき》にはいつもの調子の糸次郎《いとじろう》さん。

「三年もいれば、支店長《してんちょう》にしちゃ上できだあ」

三年いれば上でき。糸次郎《いとじろう》さんはこの前、ほんとにそう言った。

「支店長《してんちょう》はいずれもとの所へ帰っていくさ。おれたちの仲間《なかま》は、みんなそうにらんでる。何かきっかけさえありゃ、あのひとは帰っていくな」

おじさんがもとの生活に帰っていく……。おじさんの横顔も窓《まど》から消える。だったらあたしは？　あたしはどこへ帰っていくんだろ。

「やあ、お待ちどお」

軽い足音をひびかせて男のひとがかけてくる。

「何がお待ちどお、よ。子どもたち、すっかりおなかすかせてるのよ。時間厳守《げんしゅ》よ。ねえ、パパったら、いけないパパよね……」

動輪《どうりん》の広場は、待ち合わせの場所だった。パパを待ってた子どもふたりは、わあっと歓声《かんせい》をあげてパパの腕《うで》にぶらさがる。絵に描《か》いたような家族が、あたしに背《せ》を向けて遠ざかる。

動かない動輪《どうりん》をつなぎとめている銀色のクランクだけが、にぶく光ってあたしを見ていた。

I

秋がかけ足ですぎていく。湿気《しっけ》の少ない、透明感《とうめいかん》のある毎日が、あたしを落ちつかない気分にさせている。深さを増《ま》した空から降《お》りてくる光は、あまりにもまっすぐで、あたしは物かげに走りこんではほっと息をつく。駅の中の明るさが、今のあたしには好《この》ましかった。ホームからさしてくる自然《しぜん》の光と構内《こうない》の人工的《てき》な弱よわしい光がまざりあった明るさ。それが心地いい。

おじさんは、もどってきていた。そして、あたしをさけている。三日連続《れんぞく》、コンピュータ伝言板《でんごんばん》に「お帰りなさい」のメッセージを入れたけれど、なんの反応《はんのう》もかえってこない。場所を変《か》えたのか、いつもの応接間《おうせつま》もなかった。おこってるんだ、きっと。でも、おじさんがどう思おうと、あたしはもいちどきちんと話をしなくちゃね。

最初《さいしょ》におじさんの口からとんできたのは、言葉じゃなくて石つぶて。

「君は、疫病神《やくびょうがみ》だ」

おじさんの目は、今までになくギラリといやな光を放ち、あたしを射《い》すくめる。

「もう、つきまとわないでくれ。お遊びは終わりだ。君にとっては、ただのお遊びの場でも、わたしにとっては生活の場なんだ。それを君がおびやかす。たのむから、わたしを放っておいてくれ。君の相手は、もうごめんだ」

あたしのまわりのすべてが、色を失《うしな》った。音もない。あたしは、悪魔《あくま》でも住んでいそうな荒《あ》れはてた野原のまんなかで、おじさんと向きあっていた。

「おじさん、ずるいよ」

導火線《どうかせん》に火がついた。あたしを焦《こ》がす火が足元から胸《むね》にはい上がる。

「あの時、いやならいやって言えばよかったのよ。それを言わないで、今になって疫《やく》病《びょう》神《がみ》はないでしょ。けっこう楽しそうにしてたじゃない、そうでしょ、三年ぶりだって、うれしそうに言ったじゃない。なのに、ぜんぶあたしのせいにするなんて。悪いのは、わかってる。でも疫病神《やくびょうがみ》は、あんまりよ」

あたしは、「ほんとは言うべきでないこと」にまで火がまわったのを感じた。もう、すべてがくずれ落ちるまで燃《も》やしてしまう以外《いがい》、道はなかった。

「おじさん、前に言ったわね、わたしにはもう何も失《うしな》うものはないから自由だって。あれは、うそなのね。そんなふうだから糸次郎《いとじろう》さんみたいになれないのよ。中途半端《ちゅうとはんぱ》、徹底《てってい》してないの。支店長《してんちょう》なんてあだ名つけられて、いい気になって、ばかみたい！」

おじさんの顔色が変《か》わった。まわりのざわめきが耳にもどってくる。金切り声をあげるあたしを、けげんそうにちらっと見て脇《わき》を通りすぎるひとの波。ここは荒《あ》れ野《の》なんかじゃなく、駅だった。おじさんとの奇妙《きみょう》に楽しかった時間は終わった。おじさんの言うとおりに。

傾《かたむ》きかけた秋の光が、高くそびえる西の窓《まど》からホールに降《お》りてくる。まっすぐにのびた長い光の束《たば》が、あたしのおぼつかない足元を照《て》らす。いつものランドセルがずっしり重い。あたしはなんのあてもなく駅の構内《こうない》をふらふらと歩いていた。ジューススタンド、案内所《あんないじょ》、名店コーナー、キオスク。あたしにはなんの興味《きょうみ》もなかった。けっきょく、あたしはマコト君の店にたどりつく。歩くのはつかれたし、またどこでおじさんとばったり顔を合わせないともかぎらない。もう、あんな目で見られるのはいや。

「どした？　元気ないじゃん。支店長《してんちょう》、もどってきただろ、ひと安心、てとこかな」

「何が支店長《してんちょう》よ、ただの、汚《きたな》いおじさんじゃない」

あたしはマコト君のさし出したチョコチップ入りのクッキーとミルクをトレイに受け取ると、通路側《がわ》の席《せき》をさけ、奥《おく》のボックスにすわった。

疫病神《やくびょうがみ》、か。それにしても、すごい表現《ひょうげん》。

あたしはクッキーをつまみ上げ、前歯でポリッとひと口かんだ。チョコのいいにおい。疫病神《やくびょうがみ》は、ただ今、クッキーを食べております。ここで宿題しちゃおかな。なんでもいいから今すぐに集中できることをしたかった。宿題だなんて、よりによって！　でも、今、思いつくのは、これしかない。あたしは、ランドセルから宿題ノートをひっぱり出すと、ミルクをひとすすりしてそれを開いた。

「めずらしいなあ、勉強してんの？　どういう気分の変化《へんか》だい？」

マコト君がノートをのぞきこむ。

「あたしだって少しは勉強するわよ。本気でがんばらないと、あたし五年生に上がれないって言われたの。あたしの行ってる学校、わりと自由だけど、そのかわり簡単《かんたん》に落第させちゃうの。ふつうのガッコとちがうのよ。だから、あたしだって、少しは、ね」

と言ったものの、あたしの頭の中には、どっかりとおじさんが居《い》すわって、「疫病神《やくびょうがみ》」を呪文《じゅもん》のようにくり返している。

あたしのじゃまをしないでちょうだい。

今度はあたしがおじさんをふり払《はら》う番だった。冷《つめ》たいミルクの最後《さいご》の一滴《いってき》がのどをすべり落ちてしまっても、宿題ノートは空白のままで、そこにはぼんやりしたあたしの顔が泡《あわ》のように浮《う》いていた。

II

きょうという最悪《さいあく》の日のしめくくりをどうつけていいかわからずに、あたしはまだぐずぐずと駅にいた。もう七時をまわっている。こんな時に、あの白いネコでも現《あらわ》れて、しばらくでいいからあたしの腕《うで》の中でゴロニャンとでもいってくれれば、あたしはもうそれだけでさっさとうちへ帰れるのだけれど。ものごとがそんなにうまくいくはずはないとわかっていながら、あたしはそんな偶然《ぐうぜん》に期待する以外《いがい》、救《すく》いようのない気分だった。一万分の一の「もしかして」にすがりつき、あたしは赤レンガのドームに向かった。「偶然《ぐうぜん》」に出会わなければ、あっち側《がわ》の改札口《かいさつぐち》からさっさと帰る、と心に決めて。

あたしを足どめしたのは、はじめはネコじゃなくて音楽だった。きょうは火曜日。この駅では毎週この日にドームの下でコンサートをやっている。よくお知らせが掲示板《けいじばん》に貼《は》ってあるから知ってはいたけれど、実際《じっさい》に聴《き》くのは今夜がはじめて。天井《てんじょう》に近いバルコニーからは、幅広《はばひろ》リボンのしっぽみたいな旗《はた》が下がり、まるで映画《えいが》に出てくる舞踏《ぶとう》会《かい》の会場そのままの雰囲気《ふんいき》だ。チケットを持ったひとはイスにすわって、あたしみたいな「通りすがり」はつっ立ったままで。千人以上《いじょう》の目が、正面の明るい舞台《ぶたい》に釘《くぎ》づけになっている。いつもの駅とはまるでちがったもうひとつの駅が、あたしたちを包《つつ》む。ここでは、せかせかいそがしそうな通勤客《つうきんきゃく》の仮面《かめん》を脱《ぬ》ぎすて、おだやかな顔になったひとたちが肩《かた》を並《なら》べている。はるかむこうのステージの上では銀色の髪《かみ》をゆるくまとめた長身の女性《じょせい》がヴァイオリンを弾《ひ》いている。かさかさに乾《かわ》いた荒《あ》れ地《ち》に、しっとりやさしい雨が降《ふ》り注いでいるような音色。細く高くのぼりつめたその音は、ゆるやかにカーブを描《えが》くドーム天井《てんじょう》に抱《だ》きとられ、再《ふたた》びゆっくりとあたしたちの上におりてくる。いつかおじさんがこのドーム天井《てんじょう》を見上げて、神殿《しんでん》みたいだと言ってたけれど、神殿《しんでん》のてっぺんにいる神様は、どんな顔をしてこの音色を聴《き》いているんだろう。ヴァイオリンの女性《じょせい》は深いブルーのドレスをまとっていた。華《はな》やかさはないが、いかにも品のいい外国の老婦人《ろうふじん》だ。あたしは楽器《がっき》からこぼれる、涙《なみだ》が出そうにやさしい音にそのひとの声を聴《き》いた。大げさな動きもなく音の糸をつむいでいく指先を、もっと近くで見てみたい。

「さて、次の曲は、クライスラーの『愛《あい》の喜《よろこ》び』です。この曲は……」

司会者《しかいしゃ》のみょうにかん高い声が、うっとりした気分を無神経《むしんけい》にゆさぶった。曲名なんてどうだっていいから、早く弾《ひ》いてくれないかな。あたしは、のび上がってステージを見た。その時だった。右手の視野《しや》のとぎれるあたりを白いものがちらりとかすめて消えた。

「あ、ネコ！」

あたしは息といっしょに声をのんだ。もう、ヴァイオリンどころじゃない。

待って！

今、見つけなければ、もう二度と出会えない気がして、あたしは立ち見の人垣《ひとがき》をかきわけた。

あの扉《とびら》だ。きっとあの扉《とびら》のすき間を入っていくにちがいない。出口近くの、がんじょうそうな鉄の扉《とびら》。あたしは、半円形に広がる人垣《ひとがき》のまわりを走って、出口へ向かった。

やっぱり。

あたしは声を上げそうになった。思ったとおりだ。のっぺりした鉄の扉《とびら》が、わずかにあいて、ちょうどそのすき間を白いしっぽの先がするりとすべりこんだところだった。

あの扉《とびら》は、あかずの扉《とびら》なんかじゃない。ちゃんとあくんだ。背中《せなか》で拍手《はくしゅ》が鳴った。ひとの目はステージの方を向いて、あたしを見てるひとなんてだれもいない。この扉《とびら》のむこうがどうなっているかを考える間もなかった。きゅっと引きしまった沈黙《ちんもく》の後で、ヴァイオリンがはじめの音をうたい出した。北風の口笛みたい。あたしはその音にそっと背《せ》中《なか》を押《お》されるように、扉《とびら》の間にからだを入れた。

考えちゃだめ、さ、行くのよ。扉《とびら》がしまらないうちに、さ、早く！

Ⅲ

そこは、ひどく暗かった。扉《とびら》の間からもれてくるホールの光がただひとつの光源《こうげん》。あたしは目が慣《な》れるまで動けずにいた。両手をま横にのばすとざらっとした壁《かべ》に行きあたる。ネコの姿《すがた》はない。これじゃ、まるで『不思議《ふしぎ》の国のアリス』だわ。あたしはアリスがウサギの穴《あな》に落ちたシーンを思いうかべて首をすくめた。

壁《かべ》はレンガだった。二、三メートル先で何かが動く。カビくさい空気が顔をなでる。

あたしは思いきってそろそろと歩き出した。目が慣《な》れてくる。ここはウサギの穴《あな》じゃない。せまっ苦しいがらんどうの部屋。

ネコは、つきあたりの古ぼけた木の階段《かいだん》の上にいた。ぼんやりした輪《りん》かくの顔のまんなかで、目だけが緑色に光っている。アリスのチェシャ・ネコみたいにニヤニヤ笑《わら》いないでよ。のどの奥《おく》から心臓《しんぞう》の鼓動《こどう》が音をたててあふれそう。

「おいで、こわがらなくてもいいのよ」

ネコに呼《よ》びかけているつもりが、いつの間にか自分に言いきかせる声になる。こわがらなくてもいい、そう言っているのは、あたしじゃなくて、ネコのようだった。階段《かいだん》に近づくと、カビくさいにおいがいっそう強くなる。階段《かいだん》は急で、上の方は闇《やみ》に溶《と》けてしまってどこに続《つづ》くのかも定かでない。声を出さずにネコが鳴いた。ネコは、あたしの近づくのを待っていたかのように立ち上がり、しっぽの先をピンと立てて階段《かいだん》をのぼり出す。

どうしよう。あたしは右足が前へ進もうとし、左足が後へもどろうとするのを感じた。

「おやぁ？　ここの鍵《かぎ》はかかってるはずだが。おかしいな、だれがあけたんだ。あぶない、あぶない。こんな所から上へあがられちゃ、大変《たいへん》だ」

細いヴァイオリンの音色にまじって、男のひとの声がする。ひやっとするものが首すじから背中《せなか》におりてくる。

チャッ。

鍵《かぎ》がしめられた。音が遠ざかる。そんな！

出口は、もうここにはなかった。

「ミャーオ」

頭の上で声がする。待って！

暗闇《くらやみ》を足でさぐりながら、あたしはゆっくりと階段《かいだん》をのぼった。

Ⅳ

三十五段《だん》でひとくぎり。階段《かいだん》は「く」の字に折《お》れながら階を重ねていく。どこからもれるのか、うすい光が闇《やみ》に漂《ただよ》って、まわりは思ったほど暗くはなかった。もう、ひたすら上に行くしかないんだ。心臓《しんぞう》のドキドキは、いつの間にかおさまって、自分でも意外なほどこわくもなかった。気持ちは変《へん》に静《しず》かだった。足元でギシギシきしむ急な階段《かいだん》も、慣《な》れてくるとそれほど気にならない。あたしは、からだが軽くなっていくのを感じていた。

いいかげんうんざりするほどのぼった所で、うす暗がりの中でこっちを見ているネコの、白い輪《りん》かくが浮《う》かび上がった。そこは、木のドアの前だった。ネコは、あたしからついと目をはなすと、その視線《しせん》をドアノブに向けた。

「ここをあけろって言うの？」

あたしは最後《さいご》のステップをあがって、ドアの前に立った。

カチャ。

グラグラ頭が動くノブを回すと、ドアは簡単《かんたん》にあいて、ネコはすばやくドアのむこうに消えた。あたしは細目にあけたドアのすき間から片目《かため》をのぞかせた。音と光。すべりこんできたのは、ヴァイオリンのか細い音色とステージを照《て》らす光線の、編《あ》み上げられた透明《とうめい》な束《たば》だった。

「バルコニー！」

ドアは、ドーム天井《てんじょう》に近いバルコニーに通じていた。いつも下から見上げて、のぼってみたいと思っていたけれど、実際《じっさい》ここに立つと足がすくむ。ステージを中心に扇形《おうぎがた》に広がる客席《きゃくせき》が、いびつな粒《つぶ》のレーズンチョコを敷《し》きつめたように見える。

下からだれかが見ていないともかぎらない。あたしは用心深くからだをちぢめたまま壁《かべ》ぎわをゆっくりと移動《いどう》した。ネコはすでにドームの四分の一をまわった所を、ふり返りもせずにスタスタと歩いている。

下からのぼってくるヴァイオリンの響《ひび》きは、あたしの足を何度も止めさせた。ドーム天井《てんじょう》のてっぺんで聴《き》いている神様の気分。たしか、司会者《しかいしゃ》は「愛《あい》のなんとか」って言ってたっけ。ドーム天井《てんじょう》に鳴りひびく「愛《あい》のなんとか」は、下で聴《き》くより何倍もすてきだった。ヴァイオリンは、眠《ねむ》ったものをやさしく揺《ゆ》り起こすような音色で、細かくふるえながら最後《さいご》のフレーズをくり返しうたっていた。

あたしは、拍手《はくしゅ》の音で夢《ゆめ》からさめた。そうだ、ネコ。さらにドームの四分の一をまわり、さっき出てきたドアとそっくりのドアの前で、ネコはまたしてもノブを見上げていた。

V

何かがちがう。あたしはドアをあけたとたん、いつも吸《す》ってる空気とは密度《みつど》のちがうそれが流れ出したことを感じた。においじゃなくて空気の濃《こ》さみたいなもの。うまく言えないけど、からだ中に鳥肌《とりはだ》が立ってくる。

ネコは、すぐ手の届《とど》く所にある階段《かいだん》のまんなかへんにすわっていた。さっきと同じじゃないの。あたしは、ドアを後ろ手でそっとしめると、階段《かいだん》に足をかけた。ギ、ギッ、ギシギギ……。下の階段《かいだん》よりもっとひどい音がする。外までつつぬけになりそうな音。シッ、静《しず》かにしてよ。

やっぱり三十五段《だん》。それが三つ重なって、やっと平らな所にたどりつく。

「何よ、ここ。まるで屋根裏部屋《やねうら》じゃない」

あたしのひとりごとだけが、がらんとした部屋にぽっかりと浮《う》いている。暗いけれど、気をつければ動きまわるには十分な明るさだ。明かりとりの窓《まど》から、街《まち》の灯《ひ》がもれてくる。二、三歩踏《ふ》み出したとたん、足元がフワフワするのを感じて思わず声を上げそうになった。鼻の奥《おく》がムズムズする。いきなりクシャミが二つ。原因《げんいん》は足元だった。なんと、じゅうたんみたいに厚《あつ》いほこりがたまっていて、あたしが動くたびに、小さな雲が浮《う》き上がる。

クチン、クチン。

どこかで小さなクシャミの音。あたしは笑《わら》い出した。ネコもやられてる。

あたしは「クチン」の方へ、ほこりをたてないようにそろりそろりと移動《いどう》する。

ネコが立っているのは、レンガの壁《かべ》の前だった。黒ずんだ壁《かべ》を背《せ》に、ネコの白さはくっきりと浮《う》かび上がり、まるでそれ自体が光を発しているようだった。あたしは、空気の密度《みつど》が、もういちど、変《か》わった気がして思わず足を止めた。壁《かべ》は、大きな炎《ほのお》がはいのぼったみたいにまだらに焦《こ》げて、レンガの肌《はだ》がプツプツと泡《あわ》だっている。

「ここで火事？」

あたしは右手をのばして、ざらざらした壁《かべ》の肌《はだ》に指先をふれた。

「あっ！」

何が起こったのか、すぐにはわからなかった。壁《かべ》にふれたとたん、あたしのからだはいきなり前につんのめり、そのままあっけなくころがった。あるはずの壁《かべ》が一瞬《いっしゅん》にして消えて、手は空《くう》を押《お》したとしか思えない。そんな、ばかな。あたしはカエルみたいにはいつくばったまま、動けずにいた。これじゃ、ほんとにアリスじゃない。冗談《じょうだん》じゃないわ。壁《かべ》はどうなっちゃったの？　まさか、あたしは壁《かべ》をぬけた？　あたしはネコの姿《すがた》を探《さが》して顔を上げた。

におい。

空気の密度《みつど》は、いつの間にかふうっとゆるんで鳥肌《とりはだ》が立つようなことはなかったが、鼻に押《お》し寄《よ》せてきたのは焦《こ》げっぽいような、じめじめしたような、今までかいだことのない特別《とくべつ》なにおいだった。変色《へんしょく》したカビだらけのアルバムを開いた時に、古い時間の底《そこ》からわき上がってくる、ひとを落ちつかない気分にさせるにおいが、すぐ近くから流れてくる。あたしは、ようやくカエルから人間にもどって、びくびくしながら立ち上がった。

VI

さっきまで白かったはずのネコが、目の前でまっ黒に変《か》わるなんてことがあっていいものだろうか。もう、これは悪い夢《ゆめ》を見ているとしか思えない。アリスだって、けっきょく、川のそばでお昼寝《ひるね》してたじゃない？　チェシャ・ネコも帽子屋《ぼうしや》も、みんな夢《ゆめ》。そうよ、そうに決まってる。夢《ゆめ》だと思えばなんでも平気。あたしはやさしくやさしく自分に言いきかせる。こわくない、ちっともこわくなんかないのよ……。

目の前でくつろいだ表情《ひょうじょう》を見せるネコは、ひげの先まで まっ黒だった。小さく動くたびに、整った毛並《けな》みがビロードのように波うつ。さわりたい。けれど、あたしはずいぶんと用心深くなっていた。さっきだって、壁《かべ》をさわろうとしたとたん、壁《かべ》が消えちゃったんだもの。ネコだって、さわればどうなるかわかったものじゃないと思った時だった。

「ブラッキー、ブラッキーおいで」

だれかが呼《よ》んでる。くぐもってはいるが、男の子の声だ。ブラッキーって、もしかしてこのネコのこと？　ブラックだからブラッキー？　ネコは耳をぴくりとそばだてて、声のする方をふり返った。

「ミャーオー」

なんて甘《あま》ったれた声！　あんたは、いったい何者？　ネコは立ち上がりぎわに背《せ》をうんと丸め、Uの字ののびをすると、あたしのことなんかもう知らん顔で自分を呼《よ》ぶ声に向かった。

Ⅶ

たくさんの足首。ざわざわした空気。ひとが歩いている。足音、話し声。流れていく音は、レンガの壁《かべ》につきあたり、何度もはねかえってひびわれていく。あたしは思わず耳をそばだてた。いったい、どこに出てきちゃったのかしら。あたしは、上へ上へと進んだはずだ。なのに、ここは……。

あいかわらずレンガの壁《かべ》が続《つづ》く。壁《かべ》にそっていくと、鈍《にぶ》い光がさしてくる。光は、レンガを積《つ》み上げたアーチ状《じょう》の通路からもれていた。足音が近づく。ひとが歩いている。

それも大勢《おおぜい》。くすんだ色のひとびと。時おり、ゴーッという重い音が、頭上をかけぬける。においが強くなる。糸次郎《いとじろう》さんみたいなにおいだ。みんなやせていて、生気のない顔でまっすぐ前だけを見て歩いていく。男たちはアースカラーの制服《せいふく》みたいな上下に、みょうな形の帽子《ぼうし》。足にぐるぐる同じ色の布《ぬの》を巻《ま》きつけている。女のひとは上が着物で、下が足首の所できゅっとしぼったダブダブのズボン。待って、あれは、どこかで見たことあるわ、そう、昔の写真を集めた本に載《の》ってた……。肩《かた》からななめにかけた布《ぬの》のカバン。ショルダーバッグなんて、かっこいいものじゃない。

これ、どういうことなの？

あたしは、おそるおそる壁《かべ》にからだを押《お》しつけながら歩き出す。壁《かべ》の下の方から、鼻をつくにおいが立ちのぼる。おしっこ。たまらないにおいだ。だれよ、こんな所で。糸《いと》次郎《じろう》さんだって、ちゃんとトイレに行くのよ。

ひとりごとが口から出そうになった時、あたしは何かにつまずいて、からだのバランスを失《うしな》った。

「ばか！　気をつけろ。どこ、見てるんだ」

うす黒い、もやっとしたかたまりが動いた。

あたしは声が出なかった。もやっとしたかたまりと見えたのは、これ以上《いじょう》、汚《よご》れようがないほど黒ずんだ毛布《もうふ》。そのまんなかに、毛布《もうふ》と見わけがつかない色の少年がすわっている。目の白い部分だけが、青いほどに白い。糸次郎《いとじろう》さん、顔まけの汚《よご》れかた。

「気をつけろよ。壁《かべ》ぎわなんか、歩くな。みんな迷惑《めいわく》するんだ」

みんな？　あたしは壁《かべ》にそって目を走らせた。みんな！　その通りだ。もやっとしたかたまりが、壁《かべ》ぎわをうめている。不規則《ふきそく》だけれど一定の間隔《かんかく》をおいて、子どもたちが——何も敷《し》かずにコンクリートの床《ゆか》にからだをちぢめて。新聞を巻《ま》いて。上半身はだかで。ブカブカの上着を素肌《すはだ》に着て。

あたしは目まいがした。逃《に》げ出したいけれど、足が動かない。「汚《きたな》い」ということが、どういうことか糸次郎《いとじろう》さんを見て少しは知っているつもりだった。でも、目の前にずらっと並《なら》ぶ子どもたちの汚《きたな》さは、おなかの底《そこ》からずんとつき上げてくる感じで、ありのままを受け入れられる限界《げんかい》を完全《かんぜん》に超《こ》えている。

「何をばかみたいに、つっ立って見てるんだ？」

足元の少年が言った。あ、この声。

「あなたでしょ、さっきブラッキーって呼《よ》んだひと」

少年は、ぎらっとあたしをにらみつけ、右手で毛布《もうふ》を引き寄《よ》せた。毛布《もうふ》の下で動くものがある。大きさからすると、あのネコにちがいない。

「何もしやしないわ。そんな目で見ないでちょうだい。そのネコ、あなたが飼《か》ってるんでしょ」

飼《か》ってるって、いったいどうやって？　飼《か》うってことは、自分がまず食べるだけのものがあって、それではじめて成《な》り立《た》つことだ。どう見ても、この少年は「自分が食べてる」とは思えない。

「そうさ、ブラッキーさ。それが、どうした。それよか、おまえ、変《か》わってるな。着てるものとか、感じが変《へん》だ」

「おまえ、とは何よ。それに、変《へん》なのはあなたの方よ。いったいこんな所で、何してんの」

少年の目が、さらにぎらりと光った。あたしはとびかかられるんじゃないかと、一歩あとずさりして身がまえた。

「よけいなお世話だ」

「ねえ、どうしてみんなゴロゴロ寝《ね》てるのよ」

あたしは、もう一歩、あとずさった。

「腹《はら》へるから、起きてると。決まってるじゃないか。ひもじいから寝《ね》る。その間だけ、ひもじさが忘《わす》れられる、わかるだろ？」

ひもじい。ピンとこない言葉。寝《ね》てなくちゃ忘《わす》れられないほどおなかがすく――これもわからない。糸次郎《いとじろう》さんだって、同じように汚《よご》れてるけれど、あのひとたちはちゃんと食べてる。食堂《しょくどう》やファーストフードのお店から出てくる手のついていない食べ物でいつも満腹《まんぷく》さ、って笑《わら》ってた。その気になれば、食べ物なんてどこででも手に入るって。

――ここは、どこなの？

あたしは、ごくりとつばをのんだ。

「オレにかまうなよ。見ろ、ほかの連中《れんちゅう》は知らん顔で歩いていくじゃないか。なんで話しかけたりするんだよ。見せ物じゃないんだ」

少年は両手で毛布《もうふ》をぐいっとたぐり寄《よ》せ、そのままごろりと壁《かべ》を向いて横たわった。その拍子《ひょうし》に、まだらに汚《よご》れた黒光りのするはだしの足が、にゅっと出た。

ミャーオーン。

毛布《もうふ》と足の間から顔を出したのは、ふいをつかれたネコだった。鼻先をひくひくさせ、こびるようにあたしを見上げる。身づくろいでもするつもりか、背中《せなか》をブルンと動かして黒ネコは毛布《もうふ》をふり落とした。毛布《もうふ》は黒ネコを押《お》し出すと、ふわりと大きく口をあけ、それまで黒ネコがからだをすり寄《よ》せていたにちがいない物体を、ぼんやりした通路の明かりにさらした。

意外なものを見たおどろきが、ビリビリと首の後ろをつきぬける。そんなはずはない。あたしは、わが目をうたがった。それは、少し汚《よご》れてはいるものの、オリーブ色に染《そ》められたつややかな革《かわ》のヴァイオリンケースだった。この汚《よご》れきった少年といかにも上等そうに見えるケースは、あまりにもちぐはぐだ。あたしは少年が発するすさまじいにおいも忘《わす》れて、ケースをもっとよく見ようと毛布《もうふ》のはしをそっとつまみ上げた。カーブにそって小さなアイビーの葉が連《つら》なり、胴《どう》の中央に図案《ずあん》化されたアザミの花が浮《う》き上がっている。花の下には装飾《そうしょく》文字でMのイニシャル。見ているだけで、不快《ふかい》としか言いようのないまわりのすべてが、スイッといちどに消えていくような、みごとなつくりのケース……。

「おい、来たぞ、みんな逃《に》げろ！」

鋭《するど》い叫《さけ》びが、すぐ近くで上がった。あたしのまわりに現実《げんじつ》がもどってきた。壁《かべ》ぎわの子どもたちが、いっせいに起き上がったのは、叫《さけ》び声と同時だった。はじかれたように動き出した子どもたちは、信《しん》じられないすばやさで立ち上がると、荷物をまとめバラバラとかけ出した。目の前の少年も、ぽかんと立っているあたしには目もくれず、毛布《もうふ》でヴァイオリンケースをくるみ、ネコを脇《わき》にかかえながら、ほかの子どもたちの後を追った。

「君たち、待ちなさい、逃《に》げたってむだだ。きょうこそはおとなしく……」

追ってきたのは、三人の男たちだった。彼《かれ》らは子どもたちのすばやさに完全《かんぜん》に負けている。肩《かた》で息をしている丸い黒ぶちのメガネの男が、

「悪いようにはしない……こんな所にいるより、ずっと暖《あたた》かくて、食べ物もあって……

仲間《なかま》も大勢《おおぜい》いるし……」と、とぎれがちに叫《さけ》んだ。通路のむこうからは、子どもたちにはねとばされたひとたちの叫《さけ》びや悪態《あくたい》の声が聞こえてくる。

「おまえたちなんか、さっさとつかまって収容所《しゅうようじょ》へ行けばいいんだ」

——いったい、これは何？

あたしは、もう何度くり返したかわからない言葉を、もういちど、ひとつずつ区切りながら口にした。

お願《ねが》い、だれか答えてちょうだい。

心細さが、のどもとにつき上げてくる。通路を行くひとびとは、見慣《みな》れない奇妙《きみょう》なかっこうをした陰気《いんき》なひとばかり。ネコまで行ってしまった。そうだ！　道案内《みちあんない》のネコまで、いなくなっている。油じみた通路の床《ゆか》。鼻をつくおしっこのにおい。数えきれない人間の吐《は》く息とほこりで汚《よご》れきったレンガの壁《かべ》。あたしは泣《な》きたかった。

帰らなくちゃ。あれから何時間たったことだろう。

あたしは、へばりついていた壁《かべ》ぎわから、からだをはがすと、もと来た道すじをもどりはじめた。帰れるかしら。ちゃんと帰れなかったら、あたしはどうなるんだろ。

走るだけの元気は残《のこ》っていないはずなのに、あたしの足は勝手にかけ出していた。気がつくと、ほこりのじゅうたんの上にいた。あの屋根裏部屋《やねうら》だ。壁《かべ》。炎《ほのお》の跡《あと》の走る壁《かべ》が、あたしの後ろに立っていた。

どういうこと？

あたしはむこう側《がわ》から壁《かべ》にぶつかることもなく壁《かべ》をぬけたんだ。そんな……変《へん》よ。壁《かべ》は、ちゃんとある、ここに、まちがいなく。もう二度とさわる気はなかったけれど、あたしの目は壁《かべ》と向きあい、そのがんじょうそうな肌《はだ》をたしかめている。

アリスちゃん、あなたの気持ち、とってもよくわかる。でも、あたし、あなたがきらいよ。

あたしは、うちに帰ったら、いちばんに本箱から『不思議《ふしぎ》の国のアリス』を捨《す》てなくては、と思っていた。小さくなったり、大きくなったりはしなかったが、あたしは壁《かべ》くぐりをやったんだ。現代版《げんだいばん》、アリス。だれも信《しん》じてはくれないだろうけれど。

あたしは、少し落ちついて壁《かべ》のそばをはなれた。あと気がかりなのは、いちばん下の鉄の扉《とびら》だった。あそこがあかなければ、あたしは出られない。

ギシギシ音をたてる階段《かいだん》をおりて、バルコニーに通じるドアをあける。ドアは、かすかにきしみながら、下からあがってくる光をあびて身をふるわせた。

「ただ今、お聴《き》きいただきました曲は、クライスラーの『愛《あい》の喜《よろこ》び』でした。さて、次はシューベルトがその晩年《ばんねん》に……」

今夜は、何が起こってももうぜったいにおどろいたりはしないはずだった。けれど。

あたしは金切り声を上げて、バルコニーからとびおりたい気分だ。どう考えたって、一時間以上《いじょう》はたっている。それが、あの曲の……。胃《い》のまわりが締《し》めつけられる。時間の流れ方があそことここじゃちがうなんて。アリス。あの本は、だれがなんと言おうとゴミ箱行きだ。

あたしは、最後《さいご》の関門《かんもん》に向かって階段《かいだん》を下った。

I

「それで、あの扉《とびら》はあいたのかい？」

糸次郎《いとじろう》さんは、ごわごわにこわばった前髪《まえがみ》をゆっくりとかき上げると、細い目をいっそう細めて宙《ちゅう》を見つめた。

「そう、あいてたの。たしかにだれかが鍵《かぎ》をしめていったはずなのに」

　あの夜のできごとを話すのは楽じゃなかった。奇妙《きみょう》な夜から一週間、あたしはこの駅に降《お》りなかった。というより、うちから一歩も外へ出られなかった、というのが正しい。あたしは病気だった。一時《いちどき》にキュッとひとかたまりになっていた神経《しんけい》の束《たば》が、うちに帰りついたとたん、ぱらりとほどけ、形を失《うしな》った。熱《ねつ》を出して倒《たお》れたあたしに、ママはびっくりするほどやさしくて、あたしはいつまでも泣《な》いていた。夜中にやってきたお医者さんは、

「神経《しんけい》が高ぶっています」と言い、ぐっすり眠《ねむ》れる薬を注射《ちゅうしゃ》した。

熱《ねつ》が下がった三日目の午後、あたしがいちばんにしたことは、もちろん、『アリス』をゴミ箱に投げこむことだった。ママはおどろいた目であたしと本を交互《こうご》にながめたが、けっきょく何も言わずにゴミ箱の中身を「燃《も》えるゴミ」の袋《ふくろ》に捨《す》ててくれた。

あたしは「紅《くれない》占星術《せんせいじゅつ》研究所」を三日間お休みして、ぴったりそばにいてくれるママに、もう少しであの夜のことをしゃべってしまいそうだった。けれど、そのたびに何かがあたしののどをすき間なくふさいでしまい、話すチャンスは回復《かいふく》とともに消えた。

ママの、思いがけないやさしさもいっしょに。

「ね、糸次郎《いとじろう》さん、こんなみょうちくりんなことが起こっただなんて、ほんとに信《しん》じてくれる？」

糸次郎《いとじろう》さんのまっすぐの目がピタリとあたしの顔にあたった。

「じょうちゃん、この駅ができたのは、いつごろか知ってるかい。七十六年も前だっていうじゃないか。その間に大きな地震《じしん》があったり、戦争《せんそう》でやられたりもした。それに、ここを利用する客は、一日に何十万人だ、こりゃすごいぞ。ともかくだ、この駅は長生きしていろんなことをからだの中に取りこんでる。おまけに何十万もの人間が毎日毎日、いろんな『事情《じじょう》』を持ちこんでるんだ。少しばかりおかしなことが起こっても、不思《ふし》議《ぎ》じゃねえと思うが……」

わかるようでわからない説明《せつめい》だ。でもあたしは糸次郎《いとじろう》さんが、あたしの話を頭から否《ひ》定《てい》しなかったことに満足《まんぞく》した。だれかに話さずにはいられなかった。おじさんとあんなことにならなければ、まずいちばんに話したはずだ。信《しん》じてくれる、くれないは別《べつ》として。おじさんは、糸次郎《いとじろう》さんとはきっとちがった反応《はんのう》を示《しめ》したにちがいない。

「それで何かい、その子はヴァイオリンのケースを持ってたって？」

糸次郎《いとじろう》さんは思い出したように言った。

「そうよ、とてもすてきだった。アザミの模様《もよう》が浮《う》き彫《ぼ》りみたいになってるの。あの子にはぜんぜん、似合《にあ》わない持ち物よ。あの中、何が入っていたのかしら。ヴァイオリン？

まさかね……」

糸次郎《いとじろう》さんと話す時は、においをさけるため、ふつう、ひととひとが話をする距離《きょり》より、はるかに遠くから話をしなくちゃならないから、あたしの声はいきおい大きくなっていた。

「アザミの模様《もよう》のついたヴァイオリンケース、と言ったね。お願《ねが》いだ、もう少しくわしく聞かせてくれないか」

頭の上からふってくる声に、あたしはからだ中がビクンとなった。おじさん。息を整えてふり返ると、まぶしそうな目であたしを見ているおじさんがいた。

「つきまとうのはやめてくれって、おじさん言ったじゃない。あたしたち、もう知り合いじゃないのよ。気やすく声なんかかけないでちょうだい」

あたしの中で、あの日の悲しみがどんどんふくらんで怒《いか》りに変《か》わっていく。

「言いすぎたと思っている」

何よ、それ。もうちょっと言い方があるでしょ。あたしのこと、子どもだと思って。

「糸次郎《いとじろう》さん、またね。じゃまが入ったわ。あの白いネコ見かけたら教えてね。バイバイ」

あたしはせいいっぱいの笑顔《えがお》を向けて、糸次郎《いとじろう》さんに手をふった。

「じょうちゃん、支店長《してんちょう》は真剣《しんけん》だ。あの顔、見てみろや、何かわけありかもな。ま、ゆるすってのは、むずかしいことだが、自分のためにもなるってこと、覚《おぼ》えておきなよ」

糸次郎《いとじろう》さんがぐうっと近づき、小さな声でささやいた。言いようのないにおいで、息がつまると思った瞬間《しゅんかん》、糸次郎《いとじろう》さんは信《しん》じられないすばやさでパッと遠のいた。

「じゃな、じょうちゃん、不思議《ふしぎ》はおもしろい、だ。この駅には、いろんなことが起こる」

あたしの大好《だいす》きな笑《わら》いを残《のこ》し、糸次郎《いとじろう》さんは頭をボリボリやりながら手をふった。

「ヴァイオリンの話を聞かせてほしい。たのむ」

再《ふたた》び、おじさんがあたしの前に立ちふさがる。

「何よ、だいたいひとの話を立ち聞きするなんて、シュミが悪いわ。いったい、どのあたりから立ち聞きしてたのよ」

ぶすぶすくすぶっている怒《いか》りが、あたしをさらにいじわるにした。

「ヴァイオリンケースの所からだ。もっとも、ケースのことで頭がいっぱいになって、その後はあまり聞いていなかったんだが。すまないが、どうしても聞きたい。話してくれないか。とても大事なことなんだ」

おじさんの声の調子には、あたしのいじわるのかたまりを少しずつ溶《と》かしていく何かがあった。あたしは、何日かぶりに肩《かた》の力がぬけていくのを感じた。

「応接間《おうせつま》に行く？」

あたしは、おじさんの目にゆっくりと視線《しせん》を重ねた。

II

おじさんは、全身を耳にしていた。はだかになった神経《しんけい》で、あたしの言葉をひとことものがすまいと必死《ひっし》だった。特《とく》に少年の顔かたちとヴァイオリンケースの模様《もよう》を根ほり葉ほり、うんざりするぐらいしつこく聞いた。

「その子の顔っていったって、汚《よご》れ放題、汚《よご》れてたから、よくわかんないよ。目がきれいだったかな。でも、わかんない、覚《おぼ》えてないよ、糸次郎《いとじろう》さんみたいな顔の色だもの」

「わかった、わかったよ。けれど……いいかい、よく見てくれ、おじさんの目だ、おじさんの目に似《に》ていなかったか、その子の目の形は」

あたしは、おじさんがどうにかしちゃったとしか思えなかった。

「知らないよ、わかんないよ、そんな目で見ないで。気持ち悪いよ」

不気味《ぶきみ》だった。ひさしぶりの応接間《おうせつま》には、秋の終わりの、弱いけれどきっぱり明るい光がさしていて、そのむこうの青空が目にまぶしい。おじさんの態度《たいど》とは、あまりにもちぐはぐな明るさが、あたしを落ちつかない気分にさせる。

「おじさん、あたしの話、ぜんぶ信《しん》じた？　みんなほんとに起こったことだって」

「ああ、信《しん》じる。今のわたしは、すべてほんとうにあったことだと信《しん》じたい気持ちでいっぱいだ。君は、もういやかもしれないが、わたしもそこへ行って、この目でたしかめたいことがある」

「おじさん」

「ん？」

「今度は、おじさんが話す番よ。あの子とヴァイオリンケースと、おじさんの関係《かんけい》は、なんなの？　それからもひとつ、知ってるなら教えて。糸次郎《いとじろう》さんは何も言わなかったけれど、あそこはいったい、どこなの？」

声がふるえる。おじさん、言わないで。あたし、ほんとは聞きたくない。からだの深い所から、恐怖《きょうふ》が頭をもたげてくる。何がこわいのか、わからなかった。それが、もっとこわかった。

「わたしも、こわいんだ」

長い沈黙《ちんもく》の後で、おじさんは、あたしの心を読み取ったかのように、ぼそりとつぶやいた。

「まるで、キツネにつままれたような話だ。あ、決して君の言ってることを信《しん》じていないってことじゃないよ。信《しん》じているからこそ、不思議《ふしぎ》でこわいんだ。なんと言うか……じつに、その……もしかすると、いや、きっとあれは……」

取《と》り乱《みだ》したおじさんを見たのは、これがはじめてだった。だいたい、あまり感情《かんじょう》がおもてに出ないタイプだし、いつもツルンとクールな顔。それが……。あたしは、おとながら取《と》り乱《みだ》したりするのを見たくない。だいいち、見ているだけで、こっちまでドキドキしてしまう。特《とく》に、男のひとの場合がそうだ。

「おじさん、『もしかすると、あれは』って、なんなの？　思いきって、言っちゃった方が、楽かもよ」

あたしは、おじさんをなでてあげたい気分だった。

「もういちど、たとえば、だ。もういちど、君があの扉《とびら》をくぐることは、ないのだろうか。わたしもいっしょに行く。そして、たしかめる、そうしたら、君に話せると思う」

鉄の扉《とびら》。階段《かいだん》。バルコニー。ドア、階段《かいだん》、屋根裏《やねうら》部屋、そして壁《かべ》。あたしは思わずぎゅっと目をつぶった。あまりに遠い道のり。あのにおいがふうっと鼻さきを横ぎっていく。

「考えとく、あたし。でも、あの扉《とびら》、もうあかないと思うな」

あたしは、この季節《きせつ》にしては薄手《うすで》のスカートのシワをパンとのばすと、立ち上がってゆっくりスニーカーをはいた。建物《たてもの》の壁《かべ》に切り取られた四角い空には、飛行機雲《ひこうきぐも》が一本。目にいたいような青の平面を、ぐさりと横一文字に引きさいて走っていた。

思ったとおり、扉《とびら》はびくともしなかった。押《お》したり引いたりもしたが、鉄の冷《つめ》たい感《かん》覚《かく》が手に残《のこ》っただけ。扉《とびら》はその手ざわりと同じ、取りつくしまもない表情《ひょうじょう》で入口をぴったりとふさいでいる。おじさんとあたしは、毎日のように時間を変《か》えて扉《とびら》の前に立った。あまり長い間、ごそごそやってると必《かなら》ずあやしまれる。それでなくても、あたしたちは「要注意人物《ようちゅういじんぶつ》」だ。通りかかったふりをして、さりげなく扉《とびら》に手をかける。「地道な努《ど》力《りょく》」のかいもなく、答えはいつも「ノー」だった。

あたしは、チョコレート味のドーナツをひとくちかじって、がっかりしているおじさんに言った。

「やっぱり、鍵《かぎ》はあの白いネコだわ。いつだったか、おじさんといっしょだった時も、あのネコ、するりと入っていったもの。おじさんは信《しん》じてくれなかったけれど、ね、あの時は」

ドーナツにまぶした白いココナツ・パウダーがパラパラ落ちる。ドーナツはひからびて少しかたかった。

「ね、このドーナツ、いつ手に入れたんだっけ？」

「大丈夫《だいじょうぶ》だ。きのうの朝、出してあったものだからね。悪くなっていないよ。だめになったものは、すぐわかる。経験《けいけん》だね、何ごとも」

あたしは、おじさんがドーナツのような甘《あま》いものを食べないことを知っている。紙《かみ》袋《ぶくろ》にいっぱいつまったドーナツは、あたしのためでもあるけれど、ほんとは、いつあの子の所へ行ってもいいように準備《じゅんび》しているものにちがいない。どこかのドーナツショップの裏《うら》にどっさり出される売れ残《のこ》りのドーナツ。お店のひとにとってはゴミでも、おじさんにとっては、あの子のために用意した、大切なプレゼント――あたしは、夜明けにドーナツ屋の裏《うら》で捨《す》てられたドーナツをせっせと拾っているおじさんの姿《すがた》を想像《そうぞう》して胸《むね》がキュッとなった。

「別《べつ》に悪くなってるって言ってるんじゃないの。ただ聞いてみただけ。けっこうおいしいわ。ね、もうひとつ、いいかしら。今度は、お砂糖《さとう》がついていない、サクサクしたのがいいな」

飲みものもなく、かたくなったドーナツを飲みこむのは至難《しなん》のわざだった。おじさんといっしょにいる時は、あたしのお金は使わない――これは、以前《いぜん》から暗黙《あんもく》の了解事《りょうかいじ》項《こう》だ。

「気長に待ちましょうよ、あのネコが出てくるのを。それしか方法《ほうほう》がないじゃない？」

あの扉《とびら》が再《ふたた》び開く時は、おじさんの秘密《ひみつ》の箱があく時でもあった。のぞいてみたいけれど、のぞいてしまえば、あたし自身がぐらぐらと揺《ゆ》れてしまいそうな箱。

「ネコよ、現《あらわ》れるな」と祈《いの》りながら、あたしはネコの現《あらわ》れる瞬間《しゅんかん》をひたすら待っていた。

Ⅳ

あれから何日、と数えることにもすっかりつかれてしまった、冬のはじめの晴れた日だった。カレンダーだけが「冬になりました」とささやいているものの、それらしい気配はまだまだで、暖《あたた》かかった秋のしっぽが、そのあたりにピクピク動いているのが見えるようだ。いつもは黄金色に変《か》わる、あたしの好《す》きなイチョウの葉も、ことしは汚《よご》れた茶色になっただけで、ちぢれながら落ちていった。

あたしたちは、鈴《すず》の広場にいた。この駅で、あるようでないのが、ベンチだ。ゆっくりすわろうと思ったら、鈴《すず》の広場にたくさん並《なら》ぶ、ひといきれでいっぱいのベンチでがまんするほかはない。扉《とびら》のあるドーム天井《てんじょう》のホールには、ベンチがなかった。あたしたちは、落ちつかない気分で大時計をチラチラ見ていた。きょうは、四時になったら、あっち側《がわ》へ行こう。

がっしりした木のベンチに長い間すわっていると、いくら暖《あたた》かい冬とはいっても、足元からじんわりと建物《たてもの》全体の冷《つめ》たさが伝《つた》わってくる。スカートからはみ出した足が、冷《つめ》たさを吸《す》い上げる。あたしは、もぞもぞからだを動かし、そっとおしりの下に手を入れて短すぎるスカートをひっぱった。

「どうした？」

紙袋《かみぶくろ》いっぱいの食糧《しょくりょう》を点検《てんけん》していたおじさんが、あたしをふり返って声をかけた。きょうは、ドーナツじゃなくて、どこかのコンビニエンスストアから出た賞味期限《しょうみきげん》切れの菓子《かし》パンだ。

「たいしたことじゃないけど、やっぱり冬ね。ベンチが冷《つめ》たいの。足にあたってヒヤッとするの」

おじさんは、まゆをピクリと上げると、心を決めたように立ち上がり、あたしの腕《うで》をとった。

「四時まで待つことはないさ、もう行ってみようじゃないか」

——いいかげんに、出てきてちょうだい。

あたしは胸《むね》の奥《おく》にかくれている白ネコに呼《よ》びかける。毎日毎日、朝早くからあの子のために「新しい」食糧《しょくりょう》を探《さが》しているにちがいないおじさんを、もうこれ以上《いじょう》、見てはいられなかった。

V

「あら、いやだ、こら、ちょいとお待ち。よりによってこんなとこで、しなくたっていいじゃないか。最近《さいきん》、見かけないと思ったら、なんてこった。いつも、だしをとった後のカツブシやってんのに、この恩知《おんし》らず！」

「生《き》そば」と染《そ》めぬかれた白いのれんをかきわけて、三角布《さんかくきん》にかっぽう着のおばさんがとび出してきた。スタンド式のそば屋の、でっぷりふとったおかみさんだ。のれんの奥《おく》からプンといいにおいが漂《ただよ》ってくる。

カツブシ？　あたしは足を止めた。

「ね、おばさん、今、カツブシって言ったでしょ。もしかして……」

「そうなんだよ、うちにときどき来るネコでさ、白くてかわいいもんだから、カツブシやってたんだよ。それが、どうだい、きょう来るなり、入口の所でおしっこしてったんだ。犬じゃあるまいし。まったく恩知《おんし》らずだったら……」

「おばさん、そのネコ、どっち行った？」

あたしは、おばさんの腕《うで》に思わず、すがりついた。

「どっちって、この先さ、てことはホールの方かな。あんた、あのネコ、どうしてくれるんだい？」

「今度、赤いリボンつけてプレゼントしたげる。おじさん！　早く、早く！」

あたしたちは、あっけにとられぽかんとしているおばさんを置《お》き去《ざ》りにして、必死《ひっし》で走った。途中《とちゅう》で何人かにぶつかって、どなられたりもしたけれど、そんなことかまっちゃいられない。あたしは、息をするのも忘《わす》れて走った。

「おじさん、ほら、あそこ……」

肩《かた》で息するあたしたちをしり目に、ネコはドーム天井《てんじょう》の下をゆうぜんと横切っている。まるで女王さまの散歩《さんぽ》だ。

あたしたちは、ネコをびっくりさせないように息を整え、はやる心を無理《むり》やりおさえつけながら、ネコの後にしたがった。

待っていた時が近づいている。背中《せなか》のランドセルから、重みが消えた。

「おじさん！　入っていく、あの扉《とびら》へ……ネコが！　あたしたちも……おじさん、行くわよ」

VI

あたしたちは、しっかり手をつないで、足元で悲鳴を上げる階段《かいだん》をゆっくりとのぼった。今度は、二度目だし、ひとりじゃないから、こわさは半分だ。おじさんの緊張《きんちょう》が、握《にぎ》った手からピリピリと伝《つた》わってくる。

「もうじきよ、この上に、バルコニーへ通じるドアがあるの。バルコニーに出たら、できるだけ、からだをかがめてね。だれか、物好《ものず》きなひとが、下から見上げてるかもしれない。いつかのおじさんみたいに」

笑《わら》おうと思っても、顔の筋肉《きんにく》がこわばって笑《わら》えない。だいいち、そんな気分でもなかった。おじさんの手にした、おでぶの紙袋《かみぶくろ》がときどき階段《かいだん》の手すりにぶつかって、神経《しんけい》がけば立つような音をたてる。つないだ手は、どうしようもなく汗《あせ》ばんで、あたしはそっと手をはずすとスカートで汗《あせ》をぬぐった。

階段《かいだん》の上で待っているネコ。とてつもなく長く感じられるバルコニー。そして、ドア。何もかもが、あの夜のとおりだった。下からのぼってくるヴァイオリンの音やステージの光以外《いがい》は、あの夜と……。あたしは、ドアをあけた。背中《せなか》では、おじさんの気持ちだけが、ドアのむこうへ、ひと足でも早く踏《ふ》み入れようと大きく息をあえがせてる。

「ね、おじさん、何か変《へん》じゃない？　うまく言えないけど、空気の濃《こ》さみたいなものが、ふうっと変《か》わったって気がしない？」

ドアのむこうへ足を踏《ふ》み入れたとたん、前と同じように何かが変《か》わった。口で言えないもどかしさに、あたしはいら立つ。おじさんは返事をしない。足元のほこりが、ふわふわと浮《う》き上がる。

「ここは、たしかに屋根裏部屋《やねうら》だな。なるほど、君の言うとおり、壁《かべ》に炎《ほのお》の走った跡《あと》がある。……これが、あの……壁《かべ》……か」

あたしたちの緊張《きんちょう》は、最高潮《さいこうちょう》に達《たっ》した。ネコだけが、そんなあたしたちをからかうかのように、壁《かべ》の前にぺたりとすわって後ろ足で首のあたりをかいている。

おたがいの息づかいだけが聞こえる。逃《に》げ出したい。こんなばかげたこと、やめなくちゃ。壁《かべ》を通りぬけ、わけのわからない世界に行くなんて。

「あの炎《ほのお》の跡《あと》は、たぶん戦災《せんさい》でやられた時のものだろうな」

おじさんが低《ひく》い声でつぶやく。

「せんさいって、何よ？」

あたしは背中《せなか》のランドセルをゆすり上げた。

「四十六年か七年か前のことだ。この国は世界を敵《てき》にまわして、おろかな戦争《せんそう》をしていた時期がある。それぐらい、君でも知ってるだろ。

戦争《せんそう》も末期《まっき》になると、この街《まち》にもひどい空襲《くうしゅう》が何度もあって、大勢《おおぜい》の犠牲者《ぎせいしゃ》が出た。ここも、空襲《くうしゅう》でかなりやられたと聞いたことがある。きっと、この壁《かべ》の炎《ほのお》は、その時のものだよ。みんなが忘《わす》れてしまっても、この壁《かべ》だけは、炎《ほのお》の跡《あと》をからだに刻《きざ》んで、その時のことを覚《おぼ》えているにちがいない」

壁《かべ》の正面に立ち、おじさんは姿勢《しせい》を正したかに見えた。

「おじさん、戦争《せんそう》の時、いくつだった？」

「思い出したくもないが、中学生だった」

あたしたちの会話は宙《ちゅう》に浮《う》いたまま、あとが続《つづ》かない。

「おじさん！　見て、ネコが……ネコが入っていく！」

隣《とな》りに立ったおじさんの、息がぴったり止まるのがわかった。

「行くわよ、ついてきて。あたし、炎《ほのお》の跡《あと》をさわるから。そしたら、すぐに。いい？」

あたしは大きく息を吸《す》いこんだ。ふるえる指先が、黒く焦《こ》げた壁《かべ》にふれる。あたしは目を閉《と》じて、壁《かべ》の中へ一歩を踏《ふ》み出した。

「待ってくれ！　行けない、一歩も進めない。お願《ねが》いだ、もどってくれ！」

あの時と同じ。あたしは難《なん》なく壁《かべ》をぬけていた。鼻をつくにおい……。けれど……おじさんだけが、壁《かべ》のむこうに、取《と》り残《のこ》されている！　なんてこと！　あたしはもういちど壁《かべ》をくぐり、おじさんのもとにもどった。

「どうしたっていうの？　ここで何してるの。ネコもあたしも通りぬけたわ」

おじさんは信《しん》じられない目つきで、あたしを見つめた。

「だめだ、わたしにとってはこの壁《かべ》はがんじょうな、ただの壁《かべ》だ。通りぬけるなんて、とてもできない。いったい、これはどういうことなんだ」

ほこりだらけの床《ゆか》にがっくりひざをつくと、おじさんは頭をかかえた。

「いったいぜんたい、君は、なんだ？　ほんとに人間か」

「あたりまえじゃないの、ばかなこと言わないで。あたしが変《へん》じゃなくて、この壁《かべ》が変《へん》なのよ」

「じゃ、なんでわたしには、ふつうの壁《かべ》なんだ？　どうしてだ」

どうして、と言われたって……。

「ね、おじさん、あたし、とりあえずあっちへ行ってくる。その袋《ふくろ》、あの子にあげればいいんでしょ。まかせて」

ひとりで行くなんて、気がすすまない。と言うより、ぞっとする。けれど、このままじゃ、どうにもならないことがわかっていた。

「ああ」

片《かた》ひざでバランスをとりながら、おじさんはゆっくり立ち上がる。その顔は、いっぺんに十ぐらいふけたように見え、あたしはぐっときた。

ずっしり重い紙袋《かみぶくろ》。大丈夫《だいじょうぶ》、必《かなら》ずあの子にあげるから。あたしは、もういちど壁《かべ》に向かった。

壁《かべ》をぬけた瞬間《しゅんかん》、信《しん》じられないことが起こった。あたしの手に、袋《ふくろ》はなかった。完《かん》全《ぜん》に消えている。壁《かべ》のむこうから、おじさんの声がかすかに聞こえる。

「だめだ、袋《ふくろ》だけがこっちに残《のこ》ってる。なんてこった！」

最後《さいご》はうめき声だった。食糧《しょくりょう》が届《とど》けられない。おじさん、どうしよう。

「いいから、行きなさい。そのまま行くんだ。行って、あのケースをもういちどよく見てきてほしい。それから……あの少年の名前も……いい、もういいから、ともかく行ってくれ」

おじさんの声が遠ざかる。あたしは心を決めて、今通りぬけたばかりの壁《かべ》を背《せ》に、あの通路へと歩きはじめた。待ってて、おじさん。

VII

少年は、黒ネコをなでていた。さっきまで白かったネコだ。近づくと、ネコは「おや、来たのね、おそかったじゃない」と言わんばかりの目で、あたしを見上げた。ふん、何よ。少年がネコをなでる手を止めた。

「またか、何しに来たんだ。うす気味の悪いやつだな。用がなければ、さっさと行きな」

少年の目から、むきだしの敵意《てきい》がとんでくる。でも……たしかに、きれいな目だ。ピシッと音をたてるように、視線《しせん》が出会う。

「う、うす気味悪いって、どういうこと？　あたしのどこが、うす気味悪いのよ」

のどの奥《おく》から、粘膜《ねんまく》をおおっている水分がみるみるうちに消えていく。

「この前、来ただろ。あんとき、『狩《か》りこみ』があって、オレ、逃《に》げちゃったけど、後から、みんなに言われたぜ。おまえ、だれとしゃべってたんだ、ひとりごとみたいにブツブツ言って、だれもいなかったのに気味悪いって。わかるか、君は、オレ以外《いがい》の人間には姿《すがた》が見えないんだ。ばかげてるけど、ほんとだ。わかってんのか。見ろよ、みんなを。おっかなびっくりじゃないか」

壁《かべ》ぎわにうずくまった子どもたちが、目だけをぎょろつかせ、いっせいに少年を見ている。こっちの方が、あたしに言わせれば、よっぽど不気味《ぶきみ》だ。きょうは、通路の人通りはそれほどでもなかったが、通りすぎるひとは一様《いちよう》に少年をふり返る。――かわいそうに――。

「だから、何よ」

あたしは、ひらき直るよりなかった。考えてみれば、この少年以外《いがい》に自分の姿《すがた》が見えないのはつごうがいい。気味が悪かろうとなんだろうと、あたしはもうたいていのことじゃおどろかない。いいの、これで。あたしは、透明《とうめい》人間よ。

少年が上目づかいで、あたしを見つめる。気まずい空気だ。けれど、そんなことぐらいであとには引けない。聞かなくちゃならないことが、いっぱいある。

「あのね、つまり、あたしがここに来たのは……その、聞きたいことがあるからなの。わかる？　あなたにはわかんないでしょうけど、ここに来るのは、大変《たいへん》なことなのよ。だから……お願《ねが》い、ちゃんと話を聞いてほしいの」

少年が少し動くたびに、がまんできないにおいが立ちのぼる。少年は黙《だま》ったままだ。

「あたし、あなたのヴァイオリンケースが見たいの。何もしないわ、手もふれない、信《しん》じてちょうだい、ただ見るだけ」

少年は汚《よご》れた毛布《もうふ》にくるみこんだケースをさっと抱《だ》きしめた。当然《とうぜん》よね、おばけみたいな、どこから来たかもわからないあたしが、いきなり見せてくれなんて言ったって……。

「あっちへ行け、なんのためにこれを見たがる？　おかしいぞ、オレは信《しん》じない、何も信《しん》じない。君は、いったいだれなんだ」

どうやって心を通じていいのか、あたしには見当もつかない。たしかに自然《しぜん》じゃないものね。それに、説明《せつめい》しようにもあたし自身がいまだに信《しん》じられないことばかりなんだもの。

あたしは、意を決して少年のすぐそばにしゃがみこんだ。くらくらするにおい。吐《は》きそうだ。涙《なみだ》までにじんでくる。今のあたしは、この少年にあたしが無害《むがい》だということを信《しん》じてもらいたいばかりだ。

「君の背中《せなか》にあるもの、それなんだ？　見たことがない形だ。それをおろして、あけてみろ。まず、それからだ」

茶色く汚《よご》れた少年の手が、不遠慮《ぶえんりょ》にのびた。悲鳴をあげたかったけれど、あたしは声をのんだ。

「いいわ、もちろんよ、あけてみて、あたしのランドセル。中も見ていいわ」

あたしにとっては頭痛《ずつう》のタネの教科書が、思わぬ効果《こうか》を発揮《はっき》した。少年は、教科書に夢中《むちゅう》だった。

「まっ白な、ツルツルの紙だ。それに色がついてる。きれいだな……こんなの、見たことなないよ。これが教科書かい？　ああ、信《しん》じられないな、君、これで勉強してるの？　書いてあることも……ずいぶん……これが教科書？」

「ねえ、学校は、どうしたの？」

あたしは、おそるおそる聞いた。

「そんなもの、行ってないよ。オレの学校、ずっと前に焼《や》けちゃった。……いいだろ、そんなこと、どうだって。それより、ほら、見るだけだぞ、このケース、さわるなよ、だいじなんだから」

毛布《もうふ》の下から、あのケースが姿《すがた》を現《あらわ》した。おじさん、見て！　これよ。あたしはおじさんの目でケースを見つめた。

「ねえ、このMってイニシャル、あなたの名前？」

「ううん」

少年は、教科書から目を上げずに言った。

「オレがヴァイオリン習ってた先生の名前の頭文字。マーガレットだからM。これ以《い》上《じょう》は言わないよ、君には関係《かんけい》ないもの」

「もひとつだけ、教えて。中にヴァイオリン、入ってるんでしょ?」

あたしの言葉が終わらないうちに、少年は教科書を投げ出すと、目に怒《いか》りをいっぱいためて立ち上がった。

「うるさい、そんなこと聞くな。帰れ、君なんか大きらいだ、この中に何が入っていようと……君には……」

すごいけんまくで、あたしは口がきけなかった。次の瞬間《しゅんかん》、少年はヴァイオリンケースをつかむと、よろめきながらかけ出した。

「待って! お願《ねが》い」

声に涙《なみだ》がまじる。あたしは必死《ひっし》だった。

「来るな! そこにいろ。そこで、待ってるんだ。ついてきたら、ただじゃ……」

少年の声が遠ざかる。からだ中から力がぬけ落ちて、あたしにはもうひざをかかえすわりこむ気力しか残《のこ》っていなかった。もたれかかった壁《かべ》が、どんなにおいを発しようとかまわない……。

どれほどたったかわからなかった。ひたひたと力のないはだしの足音が近づき、あたしのそばで止まった。

「まだいたのか」

「だって、待ってろって言ったじゃない」

あたしは、顔を上げた。少年は顔をしかめて立っていた。ふぞろいの前髪《まえがみ》が汗《あせ》でぬれている。さっきまでの怒《いか》りを宿した瞳《ひとみ》は、今はなぜかうつろだ。

「どしたの。気分でも悪い？」

「おなか、こわしてる」

声に力がなかった。

「悪いものでも食べた？」

少年は、毛布《もうふ》の上にストンとおしりをついた。

「悪いものでもいいから、くいたいよ。最近《さいきん》、まともにくってない」

「食べてないのに、下痢《げり》？」

少年は少しでもエネルギーを失《うしな》いたくないというように目を閉《と》じて、壁《かべ》にがっくり頭をもたせかける。

「ねえ、聞いてもいい？　……いつもどうやって食べ物を……その、手に入れるの？」

あたしは残酷《ざんこく》かもしれなかった。

「汽車の中で食べ残《のこ》したおにぎり、炒《い》った大豆、カンパン……この通路を歩くひとたちが、めぐんでくれる。その前は……売れそうなものをヤミ市で売って、そのお金でスイトン食べたり焼《や》きイモ……もういいだろ、オレ口ききたくないんだ」

炒《い》った大豆、カンパン、ヤミ市、スイトン。聞いたことのない言葉が、あたしのまわりをブンブンとび回る。あたしにわかることは、ここはあたしの住んでいる世界とはまったく別《べつ》な世界だということ。袋《ふくろ》いっぱいのパンは、壁《かべ》のむこうだ。手のつけられていないドーナツやフライドチキンやハンバーガーが、ざらざらとゴミ袋《ぶくろ》に捨《す》てられる世界は、はるかかなた手の届《とど》かない所に遠ざかる。

あたしの額《ひたい》にも冷《ひ》や汗《あせ》が浮《う》いてくる。少年はもう見動きもしなかった。つい今しがたまで毛布《もうふ》の下にもぐっていたネコが、フニャフニャ言いながら少年の手の甲《こう》をなめにかかる。それでも少年は、ピクリとも動こうとはしない。これ以上《いじょう》、あれこれ聞くのは「ひとでなし」のすること——あたしは、きょうはもうこれまでと決めて立ち上がった。

「その教科書、置《お》いていこうか。算数だけど退屈《たいくつ》しなくていいかもしれない。あたしまた来るよ」

返事を期待せず、あたしは教科書を毛布《もうふ》の上にそっと置《お》いた。こんなものが、この少年の役に立つなんて、いくらあたしでも思いはしない。少年が今、必要《ひつよう》なものは教科書じゃなくてパンだ。あの袋《ふくろ》——あたしは、赤ん坊《ぼう》がいやいやをするように首をふった。

灰色《はいいろ》の沈黙《ちんもく》を破《やぶ》ってゴーッという重い響《ひび》きが、アーチ型《がた》の通路全体をふるわせる。音は右からやってきて、左にぬけた。積《つ》まれたレンガのすき間が、いっせいに押《お》しつぶされ、悲鳴を上げる。

「君はもう来ないよ。こんな所へ来たって、なんにもならない」

あたしの立ち去る気配を感じて、少年が弱よわしく口をきいた。あたしがなぜここにいるかということを順序《じゅんじょ》だててきちんと話せないことがもどかしい。言葉より先に涙《なみだ》がにじんでくる。

「もいちど来るわ、あたし。だって、算数の教科書、あずけたままだもの。ちゃんと、取り返しにくるから、待っててね」

あたしは無理《むり》やり笑《わら》って、涙《なみだ》をとばした。少年の腕《うで》にからだをもたせかけていた黒ネコが、すうっと立ち上がると波のように全身をうねらせてのびをした。ネコはちらっとあたしを見上げると「お帰りはこちら」と言わんばかりに歩きはじめ、あの壁《かべ》に続《つづ》く通路の角をしっぽをピンと立てたまま曲がっていった。

I

「いまだもって、信《しん》じられんよ。あのバルコニーのむこうの世界が」

あたしたちは、ドーム天井《てんじょう》のま下に立って、バルコニーを見上げていた。どこからか灰色《はいいろ》のハトが舞《ま》いこんで、バルコニーを支《ささ》える六角形の柱のランプに止まり、のどを鳴らしている。あの日から二日たった。あたしはあの日、壁《かべ》からもどってくると、口もきけないほどつかれていた。からだ中から生きていくための力がぬけ落ちたようになって、待ちかまえていたおじさんをあわてさせた。おじさんは、何も聞こうとはせず、あたしを抱《だ》き上げると階段《かいだん》を降《お》りた。

「あたし、あの子の名前も聞けなかったわ。食糧《しょくりょう》も届《とど》けられなかったし……役立たずだった」

ハトは柱の飾《かざ》りの一部になったように身動きもせず、丸い目で改札口《かいさつぐち》に急ぐひとびとを見おろしている。バルコニーはすぐそこだ。

「ここに立っていると、宇宙《うちゅう》のまんなかで何かに抱《だ》かれている気がするな。首がつかれることさえがまんすれば、ここはじつにいい」

おじさんの手があたしの肩《かた》にまわる。肩《かた》のあたりだけが、ほっくり暖《あたた》かだ。

「この天井《てんじょう》は、空襲《くうしゅう》でやられる前は八角形でもっと高かったそうだ。きのう、糸次郎《いとじろう》さんに聞いてみた。昔のことをよく知ってるんだ、あのひとは。わたしとちがって、この街《まち》で生まれ、この駅に親しんで育ったひとだからね。天井《てんじょう》にはステンドグラスがはめこまれていて、その下は油絵があったそうだ。てっぺん近くには八羽のワシが羽根をひろげ天井《てんじょう》を支《ささ》えていたってさ。糸次郎《いとじろう》さんに言わせると、今のドームなんて、なさけなくて見ちゃいられねえ、だそうだ。わたしなんか前を知らないから、これが好《す》きだがね。あのひとがこっち側《がわ》に来ないのは、昔の思い出をこわしたくないからかもしれないな。……わたしも昔の思い出をこわさない方がよかったのかもしれない……」

肩《かた》に置《お》かれたおじさんの手がピクリと動いた。

「あの子は、おじさんの何？」

あたしは息をつめる。

「わたしの……弟だ」

バサッと羽音をひびかせて、動かなかったハトが息を吹《ふ》きかえしたようにとびたった。

「まちがい、ない？」

「ない……」

ひとの流れが消えていく。音のない世界があたしたちを包《つつ》みこむ。ドーム天井《てんじょう》の下で、あたしはおじさんの手をそっと握《にぎ》った。

「今から五十年近くも前のことだ。わたしはここから西へ少しはなれた海辺《うみべ》の街《まち》に住んでいた。開放的《てき》な明るい所で、わたしたち兄弟は何不自由《ふじゆう》なく暮《く》らしていた。父は若《わか》いころ、イギリスで紳士服《しんしふく》の仕立てを学んだひとで、わたしがものごころついたころには、何人もの職人《しょくにん》を使って手広く商売をやっていたよ。街《まち》の名士《めいし》だったな。三つちがいの弟には、音楽の才能《さいのう》があった。父は彼《かれ》にヴァイオリンを習わせたよ。父のおめがねにかなった先生は、街《まち》に住んでいた若《わか》いイギリス人の女性《じょせい》だった。自由な雰囲気《ふんいき》の街《まち》だったから、外国人も多かった。そのひとは……」

「マーガレットさんね。あのケースのイニシャルのひと」

「そうだ、マーガレット・スタンレイといったっけ。美しいひとだった。わたしは、そんなひとにヴァイオリンを習っている弟がねたましいほどでね……。弟のヴァイオリンは、みるみるうちに上達《じょうたつ》した。家族もおどろくほどの腕前《うでまえ》だった……今でも、あいつの弾《ひ》いているヴァイオリンが聴《き》こえるようだ。あのまま何ごともなかったら、弟は一流

の音楽家になっただろうと思うよ。そして、わたしも弟を失《うしな》わずにすんだはずだ」

じっとしていると、夜の冷《つめ》たさがはい上がってくる。鈴《すず》の広場のベンチは、ひとであふれ、あたしたちは地下へおりて食堂街《しょくどうがい》の一角の小さな広場に面したベンチにやっとのことで居場所《いばしょ》を見つけた。まだ暮《く》れはじめたばかりというのに、もういい気分で赤い顔にぼんやりした目の男たちが、えり元のネクタイをゆるませ、おぼつかない足どりで通りすぎていく。

「悪いが少し飲みたい。君には何もなくて、わたしだけというのが心苦しいが……すまない」

おじさんは紙袋《かみぶくろ》から赤くよどんだワインのビンを取り出すと、慣《な》れた手つきでコルクをぬいた。あたしだっておとなだったら、飲みたい気分だ。地下街《ちかがい》は暖房《だんぼう》がいやというほどきいていて、うっかりすると、眠気《ねむけ》さえおそってくる。あたしは頭をふった。

「弟がヴァイオリンを習いはじめて三年ほどたったころ、この国は戦争《せんそう》をしかけていた。最初《さいしょ》は中国、そして最後《さいご》はほとんど世界を相手にだ。マーガレットさんの国も相手だった。当然《とうぜん》のことながら、街《まち》のひとたちの彼女《かのじょ》に対する態度《たいど》も変《か》わったよ。青い目のひとというだけで、むきだしの敵意《てきい》が集中する時代だった。それでも彼女《かのじょ》は、借《か》りていた家の小さな庭にバラを育て、どんな時でも冷静《れいせい》だった。いかにもイギリス人らしく、誇《ほこ》り高くてね。今思えば、あの若《わか》さで、よく耐《た》えたと感心するよ。弟もいろんなひとにさんざん悪く言われながら、けいこに通ったんだ。世の中の空気がピリピリしている中で、ヴァイオリンをさげてイギリス人の家に通うなんて、ふつうじゃできることではなかった……だが、あいつは、ヴァイオリンがうまくなりたい、ただその一心だったんだ」

ワインのせいで、おじさんの目のふちがうっすら赤くなる。が、ほおはいっそう青白く、ぶしょうひげが目立っている。

「わたしの両親は、はらはらしながらも必死《ひっし》で弟をかばったよ。他人がなんと言おうと、けいこに行くなとは言わなかった。父は立場上、苦しい所に立たされてはいたが、それでも弟の才能《さいのう》を育てようと最後《さいご》まで……。父の店だって、そう、もうそのころはイギリス仕立ての背広《せびろ》なんぞつくるひとなんてだれもいなかった。国民服《こくみんふく》という、個性《こせい》のない戦時《せんじ》用の服ばかりつくらざるを得《え》ない状態《じょうたい》だった」

楽しそうなカップルが、スキー場の予約《よやく》の話を声高にしながら、あたしのひざすれすれの所をかすめて通る。

「だめよ、ディスコのあるホテルにしましょうよ。温水プールなんて常識《じょうしき》じゃない、ねえ少しぐらい高くたってさあ……」

おじさんは、カップルの声の余韻《よいん》をふりはらうように声の調子を上げた。

「街《まち》に住む外国人が次つぎに引《ひ》き揚《あ》げはじめた。それぞれ本国から迎《むか》えの船が来たり、なかば強制的《きょうせいてき》に送り出されたり、いろいろだったが……。マーガレットさんは、それでもなかなか街《まち》を出ようとはしなかった。弟の才能《さいのう》にかけていたんだ。けれども……そんなマーガレットさんでも、ついに耐《た》えうる限界《げんかい》が来た」

ワインがみるみるうちに減《へ》っていく。

「おじさん……」

あたしは、ワインのビンにそっと手をかけた。

「マーガレットさんの小さな庭が、ある朝、荒《あ》らされた。バラは折《お》られ、根こそぎ捨《す》てられたものもあった。それだけじゃない、マーガレットさんの飼《か》いネコが……庭で……死んでいた。毒《どく》をもられて、殺《ころ》されたんだ。美しい毛並《けな》みの黒ネコだった……」

「ブラッキーね」

「そうだ、ブラッキーだ。弟もかわいがって、よくネコの話をしていたよ。だからあいつは壁《かべ》のむこうでも、別《べつ》の黒いネコを見つけてその名で呼《よ》んでいるんだ。

ネコが殺《ころ》されたことで、マーガレットさんの気力はがっくりくじけた。本国からの最《さい》後《ご》の迎《むか》えの船が来るという知らせを受けて、彼女《かのじょ》はとうとう街《まち》を出ていった。大切なヴァイオリンをケースごと弟に手わたして……弟はもちろん、わたしもマーガレットさんが行ってしまった日のことがいつまでも忘《わす》れられなかったよ。

今でも……そうだな、あの日のことは……」

おじさんは、ポケットから先のつぶれたピースを取り出すと、いつものようにブックマッチで火をつけた。タバコをはさんだ二本の指がかすかにふるえて、おじさんの心の底《そこ》をのぞかせる。

「大切なものが次つぎと失《うしな》われていく時代だった。弟は、マーガレットさんが行ってしまうと同時にヴァイオリンを弾《ひ》かなくなった。最後《さいご》のレッスンで仕上がらなかった曲が一曲あったんだが……その楽譜《がくふ》だけは残《のこ》して、ほかの楽譜《がくふ》はすべて庭で焼《や》いてしまったんだ。未完《みかん》のまま終わったその曲は、あいつの心そのものだった。ヴァイオリンとケースと楽譜《がくふ》。あいつは、いつかきっとマーガレットさんが帰ってきて、仕上げのレッスンをしてくれると信《しん》じていた……いや、信《しん》じようとしていたと言った方がいいかもしれないな」

少年があのケースを大切にするはずだ。あれはあの子の「すべて」だった。でも。あたしの中に、聞くのがこわい「でも」が残《のこ》る。

「あたし、聞いたの、あの子に。ケースの中にヴァイオリン、入ってるんでしょって」

「そしたら？」

「すごくおこったの。そんなこと聞くなって……顔色を変《か》えておこったのよ、あの子」

おじさんは苦い顔でワインの空きビンを紙袋《かみぶくろ》に入れた。ビンは床《ゆか》にあたり、うつろな音が足元にひびく。

「ヴァイオリンはもう入っていないよ、きっと。あいつは、生きていくために、あれを手放したんだろう。だから、君にそのことを聞かれたのがこたえたにちがいない。いいかい、あいつのいる所は、今わたしたちがいる世界とは、まったく別《べつ》の世界だ。信《しん》じられないことだが、あの壁《かべ》のむこうは、四十六年も前のこの国なんだ、わかるか。みんなうえていた。食べるために、なんでもした時代だ。君には、とうていわかるまい……」

III

目を細めると窓《まど》の外の街《まち》の光が、ほうき星みたいに流れていく。色とりどりの流れ星。あいかわらず混《こ》んでいる電車の中で、ランドセルを胸《むね》に抱《だ》きしめ、おじさんの話のまわりをあたしは、ぐるぐるまわり続《つづ》けている。何かをしっかり抱《だ》いていないと、自分がどこかへとんでいきそうだ。あたしは大昔の、それもぜんぜん幸せじゃなかった時間をのぞいてしまった——思っただけで、からだが宙《ちゅう》に浮《う》く。

電車がガックリ止まると、針《はり》の先みたいにとがった夜の空気が、向かい側《がわ》のドアから流れこむ。隣《とな》りにすわった赤い顔の男は、そのたびにコートのえりをかきあわせ、小さな身ぶるいをくり返す。

そういえば、おじさんもひどく酔《よ》ってた。駅の構内《こうない》のシャッターが終電の後の三時間はしまってしまい、おじさんたちはその間だけ外に出されるっていうから、急に冷《ひ》えこんだこんな夜は、ずいぶんこたえるにちがいない。そして、あの少年——。

のがれようとしても、あたしのからだは、おじさんと少年の「あのころ」にしばりつけられ、息もつけない。アリスの方が、よっぽどよかった。アリスの迷《まよ》いこんだ世界は、ばかばかしいだけで、笑《わら》いとばせばそれでおしまい。

あなたが、うらやましいかぎりよ、アリス！

電車が再《ふた》び動きはじめる。窓《まど》の外を見ていると、どこか見たことも聞いたこともない街《まち》へ向かおうとしているような、みょうな感覚《かんかく》にはまりこんでいく。知らない所へ、たったひとりで行くって、どんな気持ち？　あたしは、胸《むね》の中で少年に問いかける。

あなたは、あなたの住んでいた街《まち》が空襲《くうしゅう》で焼《や》けた夜、ヴァイオリンケースといっしょに姿《すがた》を消したのね。おじさん、言ってた、駅の近くまで来た時、あなたはいなくなったって。あなたは、マーガレットさんがまだ船に乗らず、この街《まち》にとどめられていることを風の便《たよ》りで聞いたの。だからあなたは、どさくさにまぎれて汽車に乗ったのよ。この街《まち》へ向かう汽車に、たったひとりで。あたしがあの壁《かべ》のむこうで会ったあなたは、この街《まち》に来てからのあなただった。戦争《せんそう》が終わって、みんなおなかをすかせ、あなたはヴァイオリンを手放した。生きるため、たったひとつの目的《もくてき》、生きるために。

つばをコクンとひとつ。のどが鳴る。おなかがいっぱいで、もう何を食べていいのかわからないあたしたち。紙袋《かみぶくろ》にぎっしりつめられた菓子《かし》パンが浮《う》かんで消える。壁《かべ》のむこうに届《とど》けられなかったパンは、けっきょく、何日かたっておじさんの手で再《ふたた》び捨《す》てられた……。

満腹《まんぷく》のあたしたちを乗せた電車は、ゆるやかなカーブのたびに車体をきしませながら、明るいネオンで染《そ》められた夜の底《そこ》を全速力で走り続《つづ》けていた。

Ⅳ

冬の朝の青い光が、冷《ひ》えきったレールの表面をゆっくりと温めていく。車輪《しゃりん》に磨《みが》かれたレールは、陽《ひ》ざしで白く熱《ねつ》を帯《お》びたように輝《かがや》き、寝不足《ねぶそく》の目をするどくえぐって走る。

まだひと影《かげ》もまばらな早朝のプラットホーム。敷石《しきいし》と枕木《まくらぎ》の段差《だんさ》を、全身に陽《ひ》を浴《あ》びながら、スズメがいそがしそうに行き来する。

眠《ねむ》いのだけれど目がさえて、頭とからだがバラバラに動き出す。

「まもなく電車が入ります。危険《きけん》ですから白線までおさがりください」

単調《たんちょう》な女性《じょせい》の声がしらじらとひびく。きのうはほとんど眠《ねむ》れなかった。

「ママ、あたしは、うんと早く起きたので、うんと早く学校に行きます。真名子《まなこ》は、おなかがいっぱいです」

走り書きのメモをテーブルに残《のこ》して、あたしは電車にとびのった。ともかく、なんでもいいからこの駅に一刻《いっこく》も早くたどりつきたかった。落ちつかない。あたしには、約束《やくそく》が残《のこ》っている。もういちど会いに行かなくちゃ。それも、ぐずぐずしてたんじゃだめ。

おじさんは、あの少年がおなかをこわしてることを、とても気にしてた。

「そりゃ、きっとひどい栄養失調《えいようしっちょう》にちがいない。今じゃ考えられないことだが、栄養《えいよう》が足らないといろんな症状《しょうじょう》が出るんだ。下痢《げり》や皮膚病《ひふびょう》や……そうだ、これを見てごらん」

おじさんは左手のくすり指の下の、うすく紫《むらさき》がかった小さな傷《きず》を見せてくれた。

「これも、栄養失調《えいようしっちょう》の跡《あと》だ。弟が姿《すがた》を消した年の冬、わたしはひどいしもやけにかかった。十分な暖房《だんぼう》なんて、もうどこを探《さが》してもありはしない、どこもかしこも冷《ひ》えきっていた。しもやけは、ひと冬中なおらず、傷《きず》はくずれて広がった。栄養《えいよう》が足らなくて、わたしのからだは、手にできたしもやけさえなおす力がなかったんだ」

おじさんは、小さな傷跡《きずあと》にそっと息を吹《ふ》きかけて、昔の自分を見ていた……。

——あの子、栄養失調《えいようしっちょう》で、このままだとどうなるの？　食糧《しょくりょう》を届《とど》けることができないのは、もうわかっている。壁《かべ》はネコとあたし以外《いがい》、通そうとはしないのだから。

気がついてみると、あたしは改札口《かいさつぐち》を出てドーム天井《てんじょう》の下に来ていた。時計の針《はり》が進むにつれて、ネクタイ姿《すがた》の通勤客《つうきんきゃく》の数がふえ、ラッシュアワーの前ぶれがひたひたとホールを洗《あら》いはじめている。ホールいっぱいにあふれるひとを迎《むか》えるため、柱一本一本が背《せ》すじをのばして、居《い》ずまいを正しているかのようだ。あたしはドーム天井《てんじょう》を見上げた。

ネコが現《あらわ》れますように。あの少年にまた会えますように……。

V

「おー、どうしたんだ、こんな早い時間に。学校は行かないの？」

セルフサービスの店は、あいたばかりだというのに、もう満員《まんいん》で、出社前のサラリーマンが朝刊《ちょうかん》を片手《かたて》にコーヒーをすすっている。マコト君が、たったひとつ残《のこ》った通路側《がわ》の席《せき》を指さして早くすわれと合図した。

シナモンのきいたリンゴのペストリーと焼《や》きたての小さなピザ、それにトマトスープ。ピザはたっぷりのチーズがとろりと溶《と》けて、ひと口食べると糸をひく。舌《した》が焼《や》けそう。あたしにしては超豪華版《ちょうごうかばん》の朝ごはんだ。あの子のことは、とりあえず考えない。うしろめたさが、のどの奥《おく》で胃《い》への入口を締《し》め上げる。あたしはおなかがいっぱいです、と書いたはずなのに、ピザもスープもするする入っていく。

「ガッコ、行かないと進級できないぜ。この前、自分でアブナイとかなんとか言ってたじゃないか。食べたら行けよ、な」

まだシワのついていない焦茶色《こげちゃいろ》のエプロンのひもを締《し》めなおして、マコト君が言う。

「ううん、きょうは行かない。ガッコより、大事なことがあるの。それがすんだら、いくらでも行くわ。それよか……ね、ランドセルあずかって。きょう一日でいいから、ね、ねっ、お願《ねが》い」

「あきれたヤツだなあ。あんまりこのへんうろうろしてると、またとっつかまるぞ。あ、そしたらあの美人の姉さんが引き取りに現《あらわ》れるか……こりゃいいや」

「マコト君て、信《しん》じられないバカだね」

待っているからといって、ネコがきょう現《あらわ》れてくれるとはかぎらない。けれど、あたしにはこうするより方法《ほうほう》がなかった。口の中にかすかなシナモンの香《かお》りが残《のこ》っている。

「ねえ、栄養《えいよう》が足らない時に、てっとり早く元気をつける方法《ほうほう》ってない？」

九時をすぎると、お店もぱったり暇《ひま》になる。サラリーマンは、もう机《つくえ》に向かって腕《うで》まくりをしているころだ。マコト君は、やっとひと息ついた顔で、あたしのテーブルにやって来た。

「え、なんだ？　栄養《えいよう》って、もう食べたじゃないか」

「あたしじゃないの。どうでもいいから答えてよ」

「そうだなあ……医者に点滴《てんてき》を打ってもらうとか、ドリンク剤《ざい》を飲むとかさ。でもいったいなんでそんなこと……」

「ドリンク剤《ざい》！　いいわね、小さくてポケットに入るものね、ドリンク剤《ざい》、これで決まりよ。マコト君、ランドセルお願《ねが》いね！」

VI

天井《てんじょう》まで届《とど》く棚《たな》をぎっしりうめたドリンク剤《ざい》。手にすっぽり納《おさ》まる小さなビンの行列は、それぞれにいかにも元気が出そうな名前をつけられ、白っぽい蛍光燈《けいこうとう》に照《て》らされている。どれもききそうで、ききそうでない。VでもCでも、いいんだけれど。白いうわっぱりを着た薬局のお姉さんが、ちょっとしびれを切らしたように声をかけた。

「お子さま用もあるのよ。フルーツの味がしていいにおいよ。塾通《じゅくがよ》いでつかれた時にぴったり。それを飲んで、ひと晩眠《ばんねむ》れば、次の日の授業《じゅぎょう》はバッチリなの。それとも……」

「あの、ごはんが食べられなくて、その……元気が出ない時に飲むのがほしいの。塾《じゅく》通《がよ》いなんて、そんなのじゃなくて」

「わかったわ、食欲不振《しょくよくふしん》ね、最近《さいきん》多いのよ、子どもでもストレスがたまるでしょ、そういう時には……はい、これがいいわ」

食欲不振《しょくよくふしん》。ちがうんだけど——あたしはこれ以上《いじょう》どう言ってもわかってもらえないとあきらめて、お姉さんが棚《たな》から取り出したドリンク剤《ざい》を手に取った。

ボタンつきのポケットから、お金を取り出そうとした時だった。あたしは一瞬《いっしゅん》、頭の中で白い光がスパークしたのを感じた。

指紋《しもん》ひとつなく磨《みが》き上げられたドリンク剤《ざい》のカウンターと紺色《こんいろ》のハイソックスをはいたあたしの足元を、すばやくかけぬけたのは——まちがいなくあのネコだった。

待って！

ネコは全速力だ。追いつかなくちゃ。

「あ、このドリンク剤《ざい》いらないの？　もう、これだから近ごろの子は……」

あたしだって、ほしいわよ。でも、もう間に合わない。ドリンク剤《ざい》よりネコだ。扉《とびら》のあいているうちに、何がなんでも、あそこをぬけなくては！

Ⅶ

三度目の屋根裏部屋《やねうら》。ほこりだらけの明かりとりの窓《まど》からは、朝の光が少し弱められながらも、堂々《どうどう》とその足をさし入れている。これまで見えなかったものが、突然《とつぜん》スポットライトを当てられ、とまどった表情《ひょうじょう》であたしの前に姿《すがた》を見せた。大きな力でねじまげられ、長い年月のうちに赤サビだらけになった鉄骨《てっこつ》。部屋のすみにうずくまるくずれたレンガ壁《かべ》の残《ざん》がい。さしこむ光は容赦《ようしゃ》なく息をひそめているものたちを照《て》らし出す。

ネコはぼう然《ぜん》と立ちすくむあたしを残《のこ》して、さっさと壁《かべ》をぬけていった。壁《かべ》の前には、この前、あたしの帰りを待っていたおじさんの、いらいら乱《みだ》れた靴《くつ》の跡《あと》がくっきり残《のこ》って、そこだけが赤黒く床《ゆか》の色を見せながら鈍《にぶ》く光っている。ここには、死んだ時間が横たわる。あたしとおじさんは、時間の墓地《ぼち》への侵入者《しんにゅうしゃ》だった。そして、あたしは、もういちど——。

「来るとは思わなかった」

少年は意外そうな顔であたしを見上げた。この前より、少し目に光がある。

「あれからちょっと食べ物が手に入って、少しはましになったんだ」

少年は、はにかんで笑《わら》った。

「元気のいいやつは、靴《くつ》みがきしたり、モク拾いやったりしてかせぐんだ。けっこうもうかるんだぜ。オレにはできないことも、平気で……」

「モク拾いって、何よ」

あたしは、少年の元気そうな顔を見て肩《かた》の力がぬけ、そのままストンと毛布《もうふ》のはしにすわりこんだ。通路を行くひとの足だけが、目の前を流れていく。

「タバコの吸《す》いがら拾いのことさ。みんなタバコに不自由《ふじゆう》してるから、まだ吸《す》えるタバコは、短くたって売れるのさ。君んち、タバコに不自由《ふじゆう》してないの？」

あたしはなんと答えていいのか、わからなかった。おじさん――まさか、おじさんが同じことをしてるなんて言えるはずもない。

あなたのお兄さんが、四十六年後の壁《かべ》のむこうの世界であなたのことを思っている――これもあたしには言えなかった。ほんとは、これを言うために来ているのかも知れないけれど。だれにも時間のへだたりをうめたり、引きもどしたりする力はない。

「どうしたの？　きょうは君の方が元気ないね。そうだ、算数の教科書、返すよ。せっかく貸《か》してくれたんだけど……あれから中を見るのをやめたんだ。だから、あのまんま、きれいだぜ」

少年は宝物《たからもの》をあつかうように教科書をさし出した。

「これ以上《いじょう》のぞいちゃいけないって、オレの中のだれかが止めるんだ。不思議《ふしぎ》な感じがしたよ。知っちゃいけないことを知りそうでさ。君はゆうれいだろ？　オレにしか見えないゆうれい。こわくないけど、変《へん》な感じさ。でも、いやじゃない……」

あたしは、ゆうれい。少年は目をふせた。涙《なみだ》が出そうな気分。あたしは、冷《ひ》えきった指先に息を吹《ふ》きかけると、からだのぬくもりをさぐりたくてスカートのポケットに手を入れた。

あら。指先にこつんと丸いものがあたった。キャンディ！　前にこのスカートをはいた時、入れっぱなしにしてたキャンディだ。あのいじわるな壁《かべ》も、たったひとつの小さなキャンディは見のがしてくれたようだ。あたしはビロードの袋《ふくろ》から大粒《おおつぶ》のダイヤをつまみ出す宝石商人《ほうせき》の気分で、ゆっくりキャンディを取り出した。

「これ、ひとつだけど、あたしの好《す》きなキャンディ、ラズベリーの味よ。紫《むらさき》できれいでしょ、いいにおいするよ」

少年の目がきらりと光った。少年はあたりをすばやく見回すと、あっと言う間にセロファンをはがしキャンディを口に投げ入れた。通路に立ちこめるひどいにおいの間を縫《ぬ》って、甘《あま》いラズベリーの香《かお》りがかすかに漂《ただよ》う。少年は、キャンディのセロファンを小さくたたむと、形のくずれた上着のポケットにさも大事そうにしまいこんだ。

「うまいね、これ」

うっとりした少年の目。あたしは少しだけ、ほんの少しだけ幸せな気分になれそうだった。あの足音が近づくまでは——。

「来た！　逃《に》げろ」

この前と同じ、せっぱつまった絶叫《ぜっきょう》が通路にひびきわたった。壁《かべ》ぎわの子どもたちが、いっせいに立ち上がる。アリの巣《す》を棒《ぼう》でつついたみたいな不規則《ふきそく》で混乱《こんらん》した動きが目にとびこむ。あたしは身をちぢめた。今回は、十人ぐらいの、がんじょうそうな男たちが、何がなんでもといった感じで子どもたちに迫《せま》ってくる。少年は立ち上がるタイミングをはずした。たぶん、あたしのキャンディのせいで。

「さ、立つんだ。何もこわがることはない。収容所《しゅうようじょ》に行ったら風呂《ふろ》も入れる、食べ物もある。おまえのためだ、おとなしく立て」

少年はトラネコににらまれて動けなくなったあわれなネズミだ。三人の男たちが少年の逃《に》げ道をふさぐ。少年は両脇《りょうわき》を男のがっしりした腕《うで》につかまれて、観念《かんねん》したかのように目をふせた。

いや、そんなの、いや！

「やめてえ」

あたしは夢中《むちゅう》で右側《がわ》の男の腕《うで》にしがみつく。お願《ねが》い、連《つ》れていかないで。

あたしは思い切り腕《うで》をはらわれて、ストンとしりもちをついた。あたしの姿《すがた》は見えないんだ――やめてえ。もういちど、全身で男にぶつかる。男は、あたしを簡単《かんたん》につきとばした後、ふっと我《われ》にかえった顔になり、気味悪そうにあたしのしがみついた腕《うで》をなでた。

少年は抵抗《ていこう》しなかった。

「行かないで」

ふりむいた少年が、毛布《もうふ》の下を目で示《しめ》した。――ケースを。

男たちは、毛布《もうふ》をけちらし、少年のえり首をつかんだまま足早に少年を引きたてていく。通路の中は、通行人も巻《ま》きこんで、どなり声や入り乱《みだ》れる足音がこだまし、何がなんだかわからないありさまだ。

そうだ、ケース！

毛布《もうふ》をめくったとたんに、黒ネコがとび出した。ブラッキー、おまえも？

ネコはあたしをふり返りもせず、一直線に通路のむこうへ消えようとする少年を追った。

もう帰ってこない。少年もネコも。

あたしはこれ以上《いじょう》、少年の後を追うわけにはいかなかった。あたしは――この時代の人間じゃないのだから。そう思ったとたんに、こわくなった。一刻《いっこく》も早く、ここから出なくては。

あたしは夢《む》中《ちゅう》でヴァイオリンケースを拾い上げた。ケースは、さっきまでぴったり寄《よ》りそっていた少年のぬくもりを残《のこ》して、温《あたた》かだった。

おじさんに届《とど》けるわ。必《かなら》ず。だから心配しないでね。

ケースは、あっけないほど軽かった。あたしはケースを抱《だ》きしめると、次から次へわいてくる涙《なみだ》を手のひらでぬぐいながら、壁《かべ》に向かって全速力で走っていった。

IX

壁《かべ》がヴァイオリンケースを通さなかったら――あたしの気がかりはそれだけだった。だから力いっぱい抱《だ》きしめた。――そこまでは覚《おぼ》えている。

気がつくと、ギシギシ音をたてる階段《かいだん》を降《お》りきっていた。バルコニーをどうかけぬけ

たのかさえ記憶《きおく》に残《のこ》らず、抱《だ》きしめているヴァイオリンケースだけが、壁《かべ》のむこうの世界が幻《まぼろし》ではなかったことを物語っている。目の前には、すべてのはじまりの扉《とびら》があった。もう二度と、あのほこりだらけの屋根裏《やねうら》にあがることはないだろう。この扉《とびら》を出たが最後《さいご》、少年もネコも正真正銘《しょうしんしょうめい》、過去《かこ》のものとなる。あたしは、今降《お》りてきたばかりの階段《かいだん》を見上げた。

「さよなら」

あたしは大きく息をつくと、ケースの上で化石みたいにかたまった両腕《りょううで》をはずしにかかった。関節《かんせつ》という関節《かんせつ》がケースをはなすまいと抵抗《ていこう》し、パキパキと音をたてる。どんな力持ちだって、あたしが胸《むね》に抱《だ》いたケースをもぎ取るのは不可能《ふかのう》だったにちがいない。

あたしは、やっとの思いでケースを右手に持ちかえた。これで帰っていくのだ、あたしの世界へ。扉《とびら》は音もたてず、外への道を開いた。駅のざわめきと大都会のにおいと冬の朝の光が押《お》し寄《よ》せる。

チャツ。

あたしの後ろで、扉《とびら》が閉《と》じる音がした。あたしの中で、何かが死んで何かが生まれた。生まれた何かにつき動かされるように、あたしはひとの流れに向かってホールへの第一歩を踏《ふ》み出した。

マーガレット・スタンレイ

I

あたしがそのひとにヴァイオリンケースをぶつけたのは、ドーム天井《てんじょう》のホールから東へのびる自由通路の入口だった。あたしはいそいでいた。一刻《いっこく》も早く、おじさんを見つけて、ケースを手わたしたい——そればかりが頭の中にうず巻《ま》いて、通路入口の角をすれすれに曲がってきたひと影《かげ》に気づくのがおくれた。

「オウ　ノー」

手に衝撃《しょうげき》が走ったと同時に、ひと影《かげ》がグラリとかしいだ。次の瞬間《しゅんかん》、通路の壁《かべ》に寄《よ》りかかったひと影《かげ》が、バランスを立てなおし、ゆっくりと顔を上げた。灰色《はいいろ》がかった青い目があたしを見て、ケースに移《うつ》った時だった。

「オゥ　マイ　ゴッド（なんてこと！）」

再《ふた》びバランスがくずれ、そのひとは片手《かたて》で壁《かべ》をまさぐった。青い目は大きく見開かれたまま、ケースにぴったり吸《す》い寄《よ》せられ、息を止めた口もとは小刻《こきざ》みにふるえている。まるで亡霊《ぼうれい》でも見たかのようだ。ぶつかってごめんなさいの声が、のどの奥《おく》にうずくまったまま口元にのぼってこない。

「ごめんなさい。ソーリー、アー　ユー　オールライト？（大丈夫《だいじょうぶ》ですか）」

あたしの蚊《か》の鳴くような声は、そのひとの耳に届《とど》かない。銀色の髪《かみ》をえり元で束《たば》ね、小さなグレイの帽子《ぼうし》を品よく真珠《しんじゅ》のピンで止めている。年輪《ねんりん》を刻《きざ》んだシワが目のまわりを幾重《いくえ》にもとり巻《ま》き、とがった鼻が顔のまんなかを……「あっ」。あたしは思わず声を上げた。このひと、あの晩《ばん》の、コンサートでヴァイオリンを弾《ひ》いていた……あのブルーのドレスの、そうだわ、たしかにこのひとよ。意外な出会いだった。それにしても――。

「だめ、さわらないで。このケースにふれないで！」

骨《ほね》ばった白い手が、ケースに近づく。あたしは必死《ひっし》だった。どうしてなの？　なぜ、そんな目で見るの。

「プリーズ、ショウ　ミー、プリーズ、ディア（お願《ねが》い、それを見せてちょうだい、いい子だから）」

そのひとは、左手をさし出したまま、じりじりと近づく。

「だめ、これはだれにもさわらせない。あっちへ行って、お願《ねが》いだから」

あたしも動転していたが、そのひとも自分を完全《かんぜん》に失《うしな》っていたとしか思えない。いや。ぜったいに、いや。

「ウェア　ディッジュー　ゲット　ディス……（どこでこれを手に入れたの……）」

ピンとはりつめて今にもつきささりそうな声が背中《せなか》でひびく。あたしはケースを胸《むね》に抱《だ》くと、追ってくる声をふり払《はら》いながら、おじさんの姿《すがた》を求《もと》めて東口への道をただ走った。

II

「たしかに……これだ」

言葉のしっぽが少しふるえる。おじさんは、うるんだ目でオリーブ色のケースを見つめた。

言うのはつらかったけれど、あたしはあの少年が収容所《しゅうようじょ》に連《つ》れていかれたことをおじさんに伝《つた》えた。

おじさんの目じりに透明《とうめい》のしずくがぽっちり光る。

長くてぶ厚《あつ》い沈黙《ちんもく》の後で、おじさんはケースのつややかな表面に手をふれ、やっと聞きとれるぐらいの低《ひく》い声でつぶやいた。

「そうだ、その方があいつにとってよかったんだ」

あたしはおじさんの気持ちを横目で見ながら、傷《きず》にさわらないように、これまたピアニシモの声で言った。

「もし、よかったら、中を見てみない？」

おじさんの指がケースの背《せ》にそって動く。あたしは一瞬《いっしゅん》中から少年の悲しみがとび出してくる気がして、思わずあとずさる。

カチッ。

ケースがあいた。紺色《こんいろ》のビロードをはりめぐらしたケースの中には、おじさんの言ったとおりヴァイオリンの姿《すがた》はなかった。

「楽譜《がくふ》だわ、楽譜《がくふ》が入ってる……」

黄ばんだ楽譜《がくふ》。おじさんは、少年のころのしもやけの跡《あと》が残《のこ》る左手で、いとおしそうに楽譜《がくふ》をなでた。

「愛《あい》の……愛《あい》の喜《よろこ》びだ。あいつが仕上げられなかった最後《さいご》の曲……愛《あい》の……喜《よろこ》び。どこを探《さが》したって、愛《あい》の喜《よろこ》びなんてない時代だった。今のひとは甘《あま》ったるいと笑《わら》うかもしれないが、わたしは……なんて美しい題なのかと」

後は言葉にならなかった。おじさんのほほを涙《なみだ》がひと筋《すじ》、ゆっくり伝《つた》って落ちていく。

「愛《あい》の喜《よろこ》び」と印《しる》された古い活字が、目の中で溶《と》けて形を失《うしな》う。

「愛《あい》の喜《よろこ》び……」と口にした時だった。あの夜のコンサート。ヴァイオリニスト。「次の曲は、クライスラーの……」——そうだわ、あの夜も、あの扉《とびら》が開いた夜もコンサートで「愛《あい》の喜《よろこ》び」が……。待って、落ちつかなくちゃ。さっきぶつかったあのひとは、あの夜のヴァイオリニストで「愛《あい》の喜《よろこ》び」を弾《ひ》いて――そう、あたしうっとりしてたんだ、あんまりきれいだったから――ううん、ちがうこれは関係《かんけい》ない――「愛《あい》の喜《よろこ》び」を弾《ひ》いたヴァイオリニストは、このケースを見て異常《いじょう》なほどに関心《かんしん》を示《しめ》したわ。なぜ、なぜかしら。おじさんの弟が仕上げられなかった曲。マーガレットさんにもらったケース。マーガレット……さん……。まさか、そんなはずないわ。そうよ、だいいち、ヴァイオリニストならだれだって「愛《あい》の喜《よろこ》び」を弾《ひ》く可能性《かのうせい》はあるんだし。第二に、このケースは今ではアンティークなんだから、ヴァイオリンに関心《かんしん》があるひとなら注目したっておかしくないもの。

「そうだわ、あたしどうかしてる」

「ほんとにどうかしてるよ、さっきから何をぶつぶつ言ってるんだ」

おじさんの声が、あたしを空想の世界から引きもどす。

「ねえ、マーガレットさんて、今、いくつぐらいかしら」

「え、二週間前のコンサートでヴァイオリンを弾《ひ》いたひとの名前が知りたいって？　ほう、君もあのコンサート聴《き》いたのか。ほんとにすばらしい音だったなあ……」

コンサートを担当《たんとう》している若《わか》い駅員は、ヴァイオリンの音色を思い出したのか、うっとりした目つきで、ドアのガラスごしに見えるドーム天井《てんじょう》を見上げた。

「あのひとの名は、と……マーガレットさんだ。マーガレット・スタンレイ。もう七十近いそうだが、円熟《えんじゅく》というかなんというか、そうそう、いぶし銀の深い輝《かがや》きだ。わかるかな、君に。彼女《かのじょ》はイギリス人で、なんでも昔、日本にいたことがあるって言ってたな」

まちがいなかった。マーガレットさん、あなただったのね。ひざがしらが、ふるえる。あたしは、自分の空想がほんとうに空想なのかをたしかめたくて、ここに来た。おじさんにはないしょだった。これ以上《いじょう》、おじさんを動揺《どうよう》させることはない。もし、ちがっていたらどんなにがっかりすることか……そこまで考えると、とてもじゃないけど話す気にはなれなかった。あのひとが、まちがいなくマーガレットさんだとたしかめるまでは。

「きのう、そのマーガレットさんに、自由通路でばったり……出会ったの。あのひと、どこに泊《と》まっているか、知りませんか。あたし……あのひとの……つまりファンなんです」

あたしはしどろもどろで、汗《あせ》をかいた。

「ファンねえ、フム。こういうことは、プライベートな、わかるかい、つまり個人的《こじんてき》なことだろ、ペラペラしゃべっていいことじゃないんだが……ま、いいか。君みたいなプリティガールがファンなら、彼女《かのじょ》も喜《よろこ》ぶかもしれないな。いいかい、教えてあげるから迷惑《めいわく》かけちゃだめだぞ」

もったいぶって教えてくれたマーガレットさんの宿泊《しゅくはく》先は、なんと目と鼻の先だった。ステーションホテル。ドーム天井《てんじょう》の二階と三階部分に左右に翼《よく》を広げる、駅の中の古いホテルだ。マーガレットさんは、あのコンサートの少し前からそこに泊《と》まって、この街《まち》のあちこちで小さなコンサートを開いているという。

会いに行かなくちゃ。

あの少年は無理《むり》でも、おじさんがいる。あたしは、子どものくせに十分におせっかいだった。そして、今やあたしはこのドラマティックなストーリーに参加《さんか》できることを、心ひそかに、歓迎《かんげい》していた……。

IV

どこかでかいだことのあるにおい。ホテルの自動扉《とびら》がすうっと開いたとたん、あたしは思わず足を止めた。磨《みが》きこまれた木製《もくせい》のカウンター、吹《ふ》き抜《ぬ》けの高い天井《てんじょう》、黒光りのする革《かわ》のソファ、クラシックなシャンデリア……こぢんまりした、おそろしく静《しず》かなロビー。入口右手にある小さなフラワーショップだけが、いきいきと今を呼吸《こきゅう》する。このにおい――パパとママと三人で泊《と》まり歩いたヨーロッパの古いホテルのにおいだ。においが鍵《かぎ》となって、過去《かこ》がいっぱいつまったさまざまな箱のふたが思いがけずぱっと開く。あたしはそのたびに少し笑《わら》ったり涙《なみだ》ぐんだりするんだ……。いつだったかパパは、どこかのホテルのフラワーショップで、小さなにおいすみれの花束《はなたば》を買ってくれた。あたしはそれがうれしくて、そのホテルにいる間、コップにすみれをさして毎日においをかいでいた。ずっと昔のことだけれど、今でもやっぱり思い出すたびに鼻の奥《おく》がツンとする。

「おじょうちゃん、何かご用?」

背《せ》の高い、詰《つ》めえりの服を着たやさしい目のベルボーイが、あたしの前にしゃがみこむ。見おろされないって、いいわね。あたしは少し背《せ》のびをして、おもむろに口をきいた。

「マーガレット・スタンレイさんに面会したいんです。あたし、くれない・まなこっていうの。十歳《さい》です。とっても大切な用事だって伝《つた》えてね。あ、それから、あたしマーガレットさんのファンだから、これも忘《わす》れないで。お願《ねが》いします」

ひとにものを頼《たの》む時は、必《かなら》ず最後《さいご》に「プリーズ」。いいかい、「プリーズ」だ。パパの声が耳もとでささやく。わかってる、わかってるわ、パパ。このホテルの古びた時間のにおいが、あたしをパパとすごした日々《ひび》に呼《よ》びもどす。しっかりしなくちゃ、今はそれどころじゃないのよ。それにしても、なんて古めかしいホテルだろ。駅舎《えきしゃ》の赤レンガにぴったりの雰囲気《ふんいき》だ。あたしは、電話でマーガレットさんに問い合わせているベルボーイを横目に赤いじゅうたんの階段《かいだん》を見上げた。

「……かしこまりました、マダム。ただ今、お連《つ》れします。はい、それではのちほど。失礼《しつれい》いたしました」

ベルボーイは、ぴょこんと頭を下げると、うやうやしく受話器《じゅわき》を置《お》いた。

「ねえ、マーガレットさん、日本語わかるの？」

あたしの問いに、ベルボーイはまるでカマキリのように大きく首をふりながら、

「ずいぶん前に、日本にお住まいだったとかで、それはそれは美しい日本語をお話しです、ハイ」と答えて、誇《ほこ》らしげな笑《わら》いを浮《う》かべた。

「そうだ、ちょっと待っててください。あたし、マーガレットさんにお花、持っていく！」

フラワーショップの花たちは、どれもうんと気どった顔つきで、その顔にふさわしい値段《ねだん》をつけていた。あたしは、たっぷり五分はまよって、目立たないけれど花のつき方が複雑《ふくざつ》で名前もすてきなクリスマスローズを買うことにした。あたしのおこづかいでは

二本がやっと。それでもフラワーショップのお姉さんは、にこにこしながら淡《あわ》いピンクのリボンを結《むす》んだ小さな花束《はなたば》に仕立ててくれた。

十分後、あたしはベルボーイに連《つ》れられて階段《かいだん》をのぼり、だだっ広い廊下《ろうか》の奥《おく》にあるマーガレットさんの部屋の前に立っていた。クリスマスローズが、胸《むね》の所でかすかにふるえた。

V

細目にあけられたドアから、叫《さけ》びにも似《に》た鋭《するど》くて短い声がもれた。あたしは、反射的《はんしゃてき》に身を引いた。

「オウ、マイ……あなただったの……いいのよ、そんなにおびえなくても。さ、中にお入りなさい」

流暢《りゅうちょう》な日本語だ。あの時は、この日本語さえ忘《わす》れるぐらい、おどろいていたにちがいない。

おじさん、とうとうここまで来たわ。そして、壁《かべ》のむこうの……見て、マーガレットさんよ。あなたの、先生よ。

涙《なみだ》があふれそうだった。できることなら、そう、できることなら——。

ベルボーイが、あたしの肩《かた》をそっと押《お》した。

「やっぱり、あれは彼《かれ》のヴァイオリンケースだったのね。ひと目みて、わかりました。わたくしのイニシャル、Mが入っていて……。五十年近くも前のことだけれど……きのうのことのようにも思えるの」

マーガレットさんは遠い目をして、窓《まど》の外に視線《しせん》を投げた。窓《まど》のむこうは、一番線のホームで、オレンジ色の電車が止まっている。風が強いのか、ペンキのはげかかった窓《まど》わくがガタガタと音をたてる。

どんなにがんばっても、あたしには壁《かべ》のむこうのことを口にすることはできなかった。今さら、マーガレットさんを苦しめるなんて。知らない方が幸せ——そういうこともあるんだわ。

「それで、彼《かれ》のお兄さんが今、あのケースを持っていらっしゃるのね。ええ、覚《おぼ》えていますとも、おとなしい少年でした。弟おもいのいい子だった……もし、できれば、その方にお会いしたいわ。マナコ、わたくし、あすの夕方には、イギリスへ発つ予定です。それまでに、ひと目でもお目にかかって、彼《かれ》の……彼《かれ》のその後を……」

「その後」なんて、もうだれにも話せない。おじさんの苦しそうな顔が目に浮《う》かぶ。おじさんは、なんと答えるのだろう。行方不明《ゆくえふめい》のままです。それとも……。

あたしたちは、向かいあってすわっているにもかかわらず、おたがいではなくて窓《まど》の外の一番ホームを見ていた。電車の出た後のホームには、コートのえりを立てたサラリーマンが雑誌《ざっし》を小脇《こわき》に、首をすくめて足ぶみしてる。だれかがアクビをひとつ。ホームを吹《ふ》きぬける風が筋《すじ》だらけの枯《か》れ葉を運ぶ。

けれど、けっきょく、あたしたちが見ているのはホームではなかった。それぞれの胸《むね》の底《そこ》にあるものをホームを通してのぞいているのだ。マーガレットさんの見ているものは、ヴァイオリンを弾《ひ》いていたころの少年の姿《すがた》。あたしのそれは、壁《かべ》のむこうの……。あまりにもちがいすぎる同一人物の姿《すがた》だった。

「マナコ、さっきあなたは、ケースの中にはヴァイオリンはなかったと言ったわね。中は……完全《かんぜん》にからっぽだった……？」

「いいえ、からっぽではありません。中には、楽譜《がくふ》が入っていました。ワン・ピース、一曲分だけ」

マーガレットさんが立ち上がった。落ちつかない様子で濃《こ》いグリーンのブラウスのえりをかきよせる。美しい指だった。骨《ほね》ばってシワも多いが、ほっそりと長い。音の糸を次つぎとつむいでいく魔法《まほう》の指だ。

「入っていたのは」

マーガレットさんは、窓《まど》ぎわまで歩いていくと心を決めたようにあたしの方に向きなおり、声の調子を変《か》えて言った。

「入っていたのは、クライスラーの『愛《あい》の喜《よろこ》び』だった。そうでしょう、マナコ」

白い光の窓《まど》を背《せ》にしているので、マーガレットさんの姿《すがた》は、シルエットに近い。

「あたし、ドーム天井《てんじょう》の下で、マーガレットさんの『愛《あい》の喜《よろこ》び』を聴《き》いたんです。その……つまりそれが、すべてのはじまりだったの。あんまり美しかったから、眠《ねむ》っていたものが、ふうっと目を覚《さ》ましたかもしれなくて。いえ、これはひとりごとです」

マーガレットさんは、途中《とちゅう》までしか聞いていてないなかった。自分の中に深く沈《しず》んでいくのが、はっきりわかった。

「わたくしね、この五十年近くの間、いつも思っていたの。彼《かれ》は必《かなら》ずあの曲を完《かん》ぺきに弾《ひ》きこなしているにちがいない――仕上げられずに終わったあの時のレッスンを、いつかきっと自分の力で完結《かんけつ》させたはずだ、とね。

『愛《あい》の喜《よろこ》び』を弾《ひ》くたびに、なぜか彼《かれ》といっしょに弾《ひ》いているような気がしてならないの。暗い時代は終わったから、思う存分《ぞんぶん》、弾《ひ》きましょう――そう言ってる彼《かれ》の声が聞こえてくるの。わかりますか、マナコ」

マーガレットさんは、夢《ゆめ》の中をさまよっているような足どりでベッドにたどりつくと、横たえてあった茶色のヴァイオリンケースを手にとった。

「マナコ、わたくし、もうじゅうぶん歳《とし》をとりました。もう二度とこの国を訪《おとず》れることはないでしょう。だからね、マナコ、お別《わか》れに最後《さいご》の『愛《あい》の喜《よろこ》び』を弾《ひ》くわ。よく聴《き》いていて……彼《かれ》といっしょだから……ね」

マーガレットさんは軽くほほえみ、目を閉《と》じた。

「待って！　お願《ねが》いです、窓《まど》をあけさせて、それからドアも。夜じゃないから、いいでしょ。プリーズ、お願《ねが》いです」

たてつけの悪い内側《がわ》の窓《まど》をやっとの思いで開き、次にさっきまでガタガタ鳴っていた外側《がわ》の窓《まど》を一気に押《お》し上げる。あんまり力を入れたので、頭の芯《しん》がズキズキする。

「まもなく電車が入ります。危険《きけん》ですから……」

窓《まど》をあけると、いつもの駅がそこにあった。あたしは一番線の屋根ごしに広がる空を見上げた。きのうからの強い風で、街《まち》の上空をおおっていた厚《あつ》い汚《よご》れが、ぬぐったようにきれいさっぱり消えている。空気のかけらがキラキラと光を放つ、冬の青空だった。

背後《はいご》でマーガレットさんが弓をかまえる気配がした。あたしは目を閉《と》じる。聴《き》いてちょうだい、おじさん、そして壁《かべ》のむこうの……。

マーガレットさんの「愛《あい》の喜《よろこ》び」は、活気にあふれた駅のざわめきを縫《ぬ》って、こわいほどの青空へ、ゆっくりと吸《す》いこまれていった。

I

「まず、しなくちゃならないことは、お風呂《ふろ》、ひげそり、散髪《さんぱつ》ね」

あたしは、自分のことのように、いや、それ以上《いじょう》に興奮《こうふん》していた。

「わかった、わかった。まず、君のしなくちゃならないことは、落ちつくことだ」

おじさんは思ったより冷静《れいせい》だった。

「おじさん……聞きにくいことだけど……お金、ある?」

「あるさ、こういう時のために、とらの子を飼《か》ってる。心配しなさんな。じゃ、まず風呂《ふろ》だな」

ヴァイオリンケースをあたしに手わたすと、おじさんは立ち上がり、

「そうだ、一本だけネクタイがあったな。サラリーマン時代の遺産《いさん》だ。くたびれてるが、ま、いいだろう」

と、ひとりごとを言いながら、あたしに目くばせした。ネクタイをしめたおじさんなんて——考えただけでドキドキする。

「おじさん、二時まで、あと三時間よ。三時間でだいじょぶ？」

「大丈夫《だいじょうぶ》だ、心配しなくていい。それより、わたしも聞きにくいことを聞くが、きょうも学校は休みかね？」

あたしは、ひどいいたずらを見つけられた子どものように身をすくめた。

「あしたは行くよ。あしたからはちゃんと行く。約束《やくそく》するから、ね、早く早くお風呂《ふろ》へ……」

あたしは、まっ赤になった顔を見られたくなくて、おじさんの後ろにまわり、レインコートの背中《せなか》を押《お》した。

「いいかい、ひとのことも大事だが、まず、自分を大事に、だ。さあ、それじゃ、めか

しこんでくるか」

ひょうひょうとした後ろ姿《すがた》が階段《かいだん》に消えた。

まず、自分を大事に、か。

物語はおわりに近づいてる。で、あたしはこれから、どうするんだろう。ひとのことばかりじゃなくて、自分のことを考えなさい。そうよ、たしかに、おじさんの言うとおり。でも、あたし、どうしたらいいの……。

「おやあ、占い師《うらなし》のじょうちゃん。こんな所で何してる？」

声の後から、糸次郎《いとじろう》さんのあのにおいが押《お》し寄《よ》せてきた。ひさしぶりの糸次郎《いとじろう》さん、こんにちは。あたしは素直《すなお》に、今、思っていることを口にした。

「あたし、自分がこれからどうするのかなあって、思ってたの。今のあたしは、この駅みたいに行き止まり。そりゃ、中には通過《つうか》してる線もあるけど、でもここは、終着駅でしょ。どこにも行けない行き止まり」

糸次郎《いとじろう》さんの顔に、いたずらっぽい笑《わら》いが広がる。

「じょうちゃん、ここはゼロキロポスト（0km標識《ひょうしき》）のある駅だってこと、忘《わす》れちゃいけないよ。ゼロキロポストってやつは、『おわり』ってことを言いたくて、つっ立ってるんじゃない。『ここがはじまり』って言ってるんだ。わかるだろ、ここがはじまりなんだ。おわって、はじまるんだ。あーあ、ところで、きょうもいい天気だねえ、さあて、定期巡回《じゅんかい》に行くか……」

糸次郎《いとじろう》さんは青空に向かって大きなアクビをひとつ進呈《しんてい》すると、茶色の手をゆらゆらふりながら、柱のかげに消えていった。

おじさんが身づくろいをしてもどってくるには、まだ間があった。この駅にいくつもあるというゼロキロポスト。あたしはそれをこの目でたしかめたくて入場券《にゅうじょうけん》を買った。あたしのゼロキロポストも見つけなくちゃ、と思いながら——。

II

「いいわ……おじさん、ほぼ完《かん》ぺきよ。シャツにシワがあるけど、うん、そんなに目立たない。ジャケットも近寄《ちかよ》らなければ、大丈夫《だいじょうぶ》。ネクタイすると……変《か》わるのね。あたし、見なおしちゃった」

あたしは、おじさんのまわりをぐるぐるまわって念入《ねんい》りに服装《ふくそう》をチェックする。

「あ、オーデコロンのにおいがする！」

おじさんは照《て》れくさそうに笑《わら》った。

「そうかい、わかるか。これはそこのデパートの男性《だんせい》用化粧品《けしょうひん》売場でシュッ、さ。それにしても、ひさしぶりにしめてみるとネクタイってやつは、きゅうくつなもんだ」

遠目で見れば、まるで別人《べつじん》。このまま会社に行ったたって、おかしくないもの。

「はい、おじさん。ヴァイオリンケース。あたし、ホテルの二階の廊下《ろうか》で見てるわ。ガラスばりだから下が見えるの。ドーム天井《てんじょう》のま下で会うんでしょ。あ、もうすぐ二時よ。おじさん……いってらっしゃい！」

おじさんはちょっと緊張《きんちょう》した面持ちで、あたしの手からケースを受け取った。

「じゃ」

おじさんの口元がかすかにほころぶ。

「おじさん」

「ん？」

「とても、すてきよ」

なぜだか、涙《なみだ》が出そうだった。あたしはそれを見られたくなくて、おじさんの背中《せなか》をどんと押《お》した。

それは駅の不思議《ふしぎ》な物語のクライマックスにふさわしい光景《こうけい》だった。あたしはホールを見おろす二階の通路で、息をつめていた。午後二時。ドーム天井《てんじょう》のま下で、かつての若《わか》きヴァイオリン教師《きょうし》とその教え子の兄は、およそ半世紀《せいき》ぶりの再会《さいかい》をはたした。ふたりは、うんざりするほど頼《たよ》りなく見えた。おじさんはヴァイオリンケースに腕《うで》を巻《ま》きつけてかろうじて立っていたし、マーガレットさんの小さなグレイの帽子《ぼうし》は定位置《ていいち》からすべり落ちていた。半世紀《せいき》はほんとうに長かったと思わせる、とてつもなくぎこちない時が、ふたりの間を流れている。ふたりをへだてる数歩の距離《きょり》は、いつまでたってもちぢまらない。なんとかしたら！　あたしのジリジリは頂点《ちょうてん》に達《たっ》した。

それから数秒後、ふいにマーガレットさんの手が、おじさんに向かってのびた。距離《きょり》は一気にちぢまった。

東京ステー
はとバ
コーヒーショップ
1991

――見て！

ふたりの手が結《むす》ばれた瞬間《しゅんかん》、あたしは後ろにだれか立っている気配を感じた。ふり返ってもだれもいないことはわかっていた。けれど、たしかにあの子がいる……。

ホールのふたりが、ゆっくりと動きはじめる。鼻先にたまった涙《なみだ》のしずくが、窓《まど》わくをつかむ手にポタリと落ちた。声を上げて泣《な》けないことが、苦しかった。ふたりの姿《すがた》がホールから消えた。おじさんの横を歩くマーガレットさんの胸《むね》には、あのケースがしっかりと抱《だ》かれていた。

III

「行っちゃったね、マーガレットさん」

一時間後、あたしはドーム天井《てんじょう》のま下で、マーガレットさんを見送ったおじさんに会った。

「ケース、あげたの？」

おじさんの手に、ケースはなかった。

「ああ。あげたというか返したというか。これで、あいつも安心するだろう。わたしは、楽譜《がくふ》をもらったよ」

おじさんの手の中で、丸くなった「愛《あい》の喜《よろこ》び」が小刻《こきざ》みにふるえている。おじさんの目のふちは、うっすら赤い。

「さあて、と。終わったな、これで」

おじさんはドーム天井《てんじょう》を見上げる。

「抱《だ》かれてるみたい？　今でも」

あたしは、「宇宙《うちゅう》のまんなかで何かに抱《だ》かれているみたいだ」というおじさんの言葉を思い出していた。

「ああ、思うさ、前よりもっと強く、だ」

あたしたちはそうして黙《だま》ったまま、宇宙《うちゅう》のまんなかにいた。

「おじさん、ほら見て。どこからとんできたのかしら、大きな葉っぱ、くるくるまわってる」

足元でかさこそ音をたてるのは、葉脈《ようみゃく》の浮《う》き上がった茶色のプラタナスだった。街路樹《がいろじゅ》は、とっくの昔に枝《えだ》うちされ、枯《か》れ葉のついた木にはめったにお目にかかれない。めずらしくくずれていない、はっきりした形のプラタナス。

「風が吹《ふ》いてる」

プラタナスの葉は、大きく舞《ま》い上がると、宙《ちゅう》に浮《う》いたまま不規則《ふきそく》な回転をはじめた。風は、ホールの入口から改札口《かいさつぐち》に向かって一本の道をつくり、あたしたちの足元をかけぬける。

「風立ちぬ、いざ生きめやも、か……」

おじさんのつぶやきが、風に乗る。

「何、その、風立ちぬって？」

「ポール・ヴァレリーという詩人の詩だ。『海辺《うみべ》の墓地《ぼち》』の一節《いっせつ》を、堀辰雄《ほりたつお》という作家が『風立ちぬ、いざ生きめやも』と訳《やく》して自分の小説《しょうせつ》の中に使ったんだ」

「いざ生きめやもって、どういうこと？」

説明《せつめい》を聞く前に、あたしは「いざ生きめやも」が、今のおじさんの気持ちだと感じていた。

「生きなければならない、だ」

「……生きなければ……ならない」

「そうだ、生きなければ、な」

おじさんは、大きな荷物をおろしたひとのような笑《わら》いを浮《う》かべた。

「なんだか、いっぱい飲みたくなったな。そうだ、ステーションホテルに古いバーがある。もう、そろそろあいてるはずだ。前はよくそこで飲んだものだ。静《しず》かで……いいぞ、まなちゃん、行くか」

はじめてあたしの名を呼《よ》んだおじさんは、楽譜《がくふ》を軽く丸めると、「いざ」というポーズでホールの出口を指した。

風はいつの間にかやんでいた。とり残《のこ》されたプラタナスだけが、次の風を待ちながら、まばたきもせずにあたしたちを見ていた。

「お子さまは、ちょっと」

思ったとおり、カウンターのバーテンダーは当惑《とうわく》した顔であたしを見つめた。

「お子さまじゃない。彼女《かのじょ》は小さいが、レディだ」

おじさんは厳然《げんぜん》と言い放ち、バーテンダーはそれで黙《だま》った。

「ようこそ、いらっしゃいまし」

「ああ」

そこは、年月を経《へ》た壁《かべ》の木肌《きはだ》が、落ちついた照明《しょうめい》の中で、ひっそり息をしているバーだった。カウンターにそって並《なら》べられた背《せ》の高いイスに、おじさんの手を借《か》りてすわったとたん、あたしはひどくのどが渇《かわ》いているのを感じた。

「わたしは、ドライマティーニ。彼女《かのじょ》は……」

「ジンジャエール」

「かしこまりました」の言葉とともに動きはじめたバーテンダーの手を、あたしはしばらくうっとり眺《なが》めていた。おじさんがピースに火をつける。しけもくなんかじゃない。新しい、パリッとしたピースだ。

「おじさん」

あたしは長くて気持ちのいい沈黙《ちんもく》の後で、おじさんと自分に向きあった。

「おじさん、これから一生、その楽譜《がくふ》を抱《だ》いて、ここにいるつもり？」

「さあ、な。君だって、いつまでもここをうろちょろしてるつもりかね？」

あたしは、ぐっと来た。適当《てきとう》な言葉が見つからない。あたしは、おじさんの前に置《お》かれたドライマティーニのグラスに手をのばすと、塩漬《しおづ》けのオリーブをつまみ上げた。

「おじさんは、弟を捜《さが》さないの？」

「捜《さが》す？」

「そうよ、あの子、収容所《しゅうようじょ》へ連《つ》れていかれたんだもの、今でもどこかで生きているんじゃない？　まさか、おじさん、マーガレットさんに死んだって言ったの？」

「いいや、行方不明《ゆくえふめい》と言ったよ、それが真実だからね。だが……捜《さが》すといったってもう四十六年もたっている」

おじさんは、マティーニをひとすすりすると顔をしかめた。

「それは、言いわけよ。手がかりは、ゼロじゃないわ」

あたしたちは、黙《だま》っていた。空になったジンジャエールのグラスの中で、重なりあった氷が春の雪どけのような音をたてて、小さくきしんだ。

「捜《さが》すなら、おじさん……ここを出なくちゃね」

外は暮《く》れはじめていた。くもりガラスの窓《まど》を通して、ホームにすべりこんでくる電車の光が棚《たな》に並《なら》んだグラスの肌《はだ》を淡《あわ》く照《て》らし出す。

——ここを出なくちゃね。

あたしの胸《むね》に、闇《やみ》に立つゼロキロポストが浮《う》かんで消えた。


「おたがい、駅は卒業《そつぎょう》だ。きっと君は、すてきな大人になる。楽しかった。グッド　ラック（さよなら）」

コンピュータ伝言板《でんごんばん》からプリントアウトされたメッセージ。おじさんの、最後《さいご》の。ドライマティーニの翌日《よくじつ》、あたしは伝言板《でんごんばん》の前にきっちり五分間だけ立っていた。

銀色の大きな鈴《すず》が、ちょっとかすんだ。あたしはいそいで鼻をかんだ。

卒業式《そつぎょうしき》だもの、泣《な》いたっていいでしょ。


ラッシュアワーだった。駅が、あえいでいる。あたしは、ひとの流れにさからって、駅舎《えきしゃ》を出た。

「あ、三日月！」

刺《さ》すような風のわたる空に、かりんかりんの三日月だ。駅のパズルは終わった。あたしは完成《かんせい》したパズルにさよならが言いたくて、もいちど赤レンガの駅舎《えきしゃ》をふり返る。だめ、泣《な》いちゃ。まるで、三文映画《さんもんえいが》のヒロインじゃないの。あたしには似合《にあ》わない。

と、その時だった。カサカサと足元で音をたてる一枚《まい》のビラが目にとびこむ。何？

茶色のざらっとした紙に、泣《な》き笑《わら》いのクラウンとライオン。

サーカスだ！

あたしは胸《むね》の扉《とびら》がピクリと動くのを感じた。おもしろそうじゃない？「リング・リングサーカス」？アメリカの？いいじゃない、あたし、サーカスに入ろう。世界中を旅して、もしかすると、どこかでパパに会えるかもしれないし。あたし、一輪車《いちりんしゃ》に乗って、羽根のついた帽子《ぼうし》かぶって、それに象《ぞう》の世話だってするんだもん。

涙《なみだ》は、どこかへすっとんだ。また、何かがはじまりそう。すてき。あたしは、茶色のビラのクラウンの、白い涙《なみだ》にキスをした。ね、待ってて、あたし、あした、そこへいくんだから！

あたしは、笑《わら》って、そして思いっきり駅舎《えきしゃ》に向かって手をふった。ほんとに、さよなら！

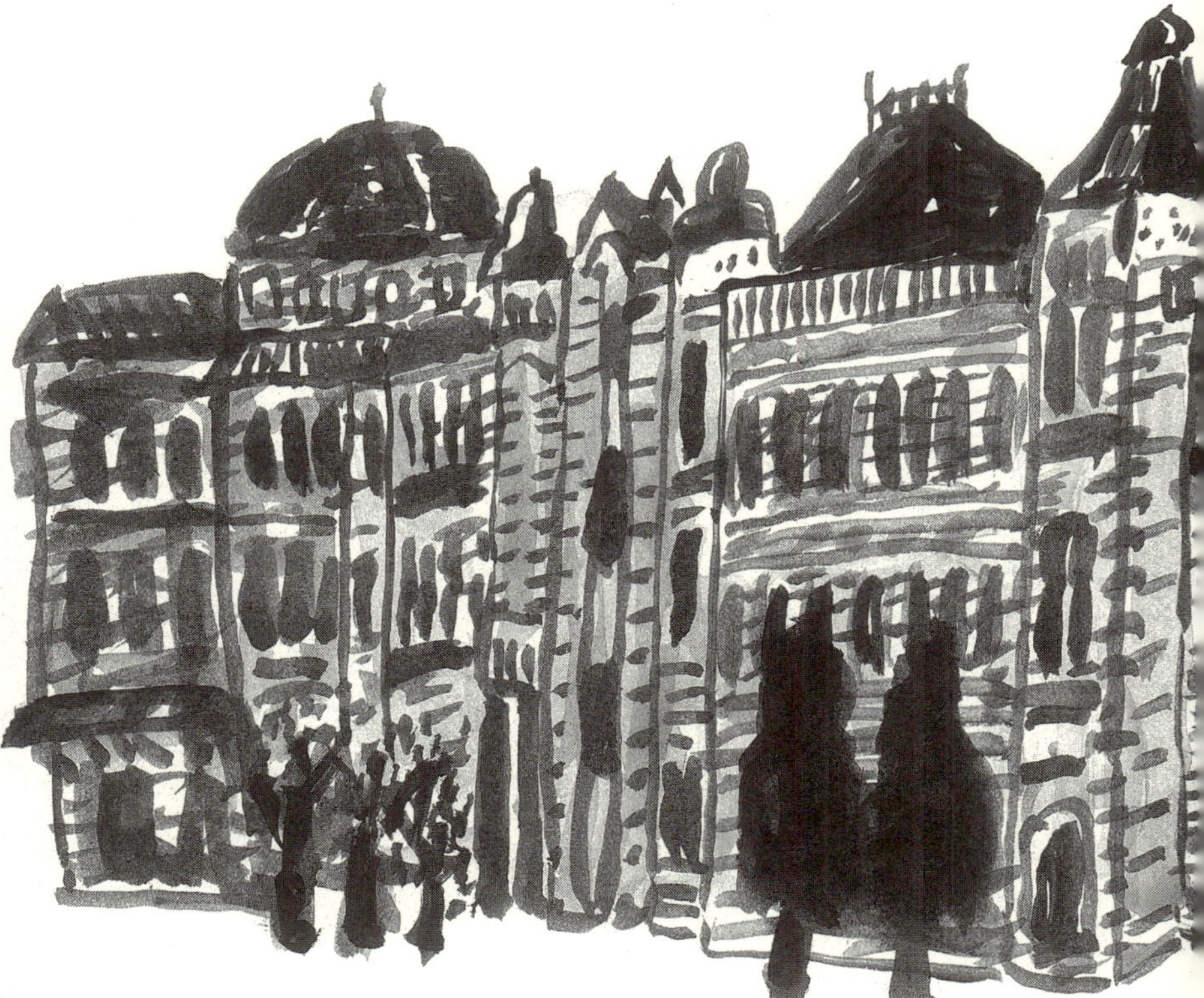

新しい読者のみなさんへ

——復刊《ふっかん》にあたって——

「駅は大きな『はめ絵』です。駅を行き来する、数えきれない人々《ひとびと》の、ひとりひとりの物語が、ジグソーパズルの小さなピース」

いまから、およそ三十年前、駅を舞台《ぶたい》にしたお話を書きました。きっかけは、『東京駅探検《たんけん》(1)』という一冊《さつ》の本。ライトアップされた丸の内駅舎《えきしゃ》の、幻想的《げんそうてき》な表紙写真を見ていたとき、ふいにそこから、ひとりの女の子が顔を出しました。「この子を、ここで遊ばせよう」、それが、はじまりでした。

書きはじめる前に、実際《じっさい》の東京駅を「探検《たんけん》」しました。あるときは、ひとりで、また、あるときは編集者《へんしゅうしゃ》と。最後《さいご》に、画家を交えた三人で。三十年前といえば、みなさんが生まれるずっと前のこと。そのころの駅と現在《げんざい》の駅を比《くら》べてみると、なくなったもの、甦《よみがえ》ったもの、新しく付《つ》け加《くわ》わったもの、数えればきりがありません。たとえば、駅舎内《えきしゃ》のお風呂屋《ふろ》さん。八重洲口《やえすぐち》近くにありました。「六時間以上《いじょう》は、消します」と脇《わき》に注意書きのある伝言板《でんごんばん》。黒板（緑板）に白いチョークで伝言《でんごん》をじかに書くものでした。お話のなかのコンピュータ伝《でん》言板《ごんばん》もありました。駅舎《えきしゃ》も、いまのように復原《ふくげん》された姿《すがた》ではありませんでした。

東京駅の歴史《れきし》は、富国強兵《ふこくきょうへい》の時代、一九〇八（明治《めいじ》四一）年の中央停車場《ていしゃば》建設《けんせつ》工事開始に始まります。設計者《せっけいしゃ》は、辰野金吾《たつのきんご》。六年にわたる大工事を経《へ》て、一九一四（大正《たいしょう》三）年、東京駅として開業。赤レンガ造《づく》りで、規模《きぼ》が巨大《きょだい》だっただけでなく、内部もたいそう豪華《ごうか》でした。ホールの吹《ふ》き抜《ぬ》け天井《てんじょう》は、ステンドグラス、彫刻《ちょうこく》、絵画などで飾《かざ》られ、その様子を、「さながら宮殿《きゅうでん》の如《ごと》し」と書いた新聞もあったといいます。

一九二三（大正《たいしょう》一二）年の関東大震災《かんとうだいしんさい》にも耐《た》えた東京駅でしたが、第二次世界大戦末期《たいせんまっき》の一九四五（昭和《しょうわ》二〇）年五月、アメリカ軍《ぐん》の東京空襲《くうしゅう》により、丸の内側《がわ》の赤レンガ本駅舎《えきしゃ》の屋根と内装《ないそう》が焼《や》け落ちてしまいます。以後《いご》、二〇一二（平成《へいせい》二四）年の駅舎復原《えきしゃふくげん》・保存《ほぞん》工事完成《かんせい》まで、もともと三階建《かいだ》てだった駅舎《えきしゃ》は二階建《かいだ》てとなり、主人公・真名子《まなこ》の見上げた丸の内北口、南口のドーム天井《てんじょう》は、創建《そうけん》当時のものとは違《ちが》った、ローマのパンテオン風のデザインでした。

一九八〇年後半になると、「赤レンガ駅舎《えきしゃ》を保存《ほぞん》しよう」という市民《しみん》運動が起こり、二〇〇三（平成《へいせい》一五）年、丸の内駅舎《えきしゃ》は、国の重要文化財《じゅうようぶんかざい》に指定され、二〇〇七（平成《へいせい》一九）年、保存《ほぞん》・復原《ふくげん》工事が始まりました。「復原《ふくげん》」とは、創《そう》建《けん》当時の姿《すがた》に戻《もど》すことで、駅舎《えきしゃ》の工事は、当時の材料《ざいりょう》や工法《こうほう》も用い、さらに免《めん》震《しん》工事も施《ほどこ》され、多くの人たちが毎日利用《りよう》する、「生きた文化財《ぶんかざい》」にふさわしい姿《すがた》となりました。現在《げんざい》のドームを見上げると、天井《てんじょう》近くに羽を広げたワシの彫刻《ちょうこく》や、干支《えと》の動物のレリーフを見つけることができます（首が痛《いた》くなります。通行人注意！）。

『ジグソーステーション』は、東京駅を舞台《ぶたい》のヒントにしていますが、これはすべて架空《かくう》のお話です。当時もいまも、ないものはない。探《さが》しても、見つかりません。糸次郎《いとじろう》さんも、もういませんし、もちろん、自転車を乗り回してはいけません。人と人が出会い、別《わか》れ、また出会う、すれちがう。開業当時、一日の利用者《りようしゃ》が五千人ほどだった駅も、いまでは、およそ四十五万人前後の人々《ひとびと》が行きかうようになりました。この物語を読んでくださったみなさんのハローとグッドバイも、その数に入るのかもしれません。

＊

最後《さいご》に、二十七年を経《へ》て、新しい読者のために、復刊《ふっかん》を決めてくださった汐《ちょう》文社《ぶんしゃ》に、感謝《かんしゃ》いたします。今回、表紙や挿絵《さしえ》などを描《か》き直してくださった、画家のささめやゆきさん。長い歳月《さいげつ》を経《へ》て、再《ふた》びドームの下に一緒《いっしょ》に立つことができました。ありがとうございました。

そして、「駅のごみ箱」の中身を調べたり、糸次郎《いとじろう》さんのような「駅の住人」の後をついて回ったりなど、無理難題《むりなんだい》の取材《しゅざい》につきあってくださった、いまは亡《な》き初版《しょはん》の編集者《へんしゅうしゃ》、佐藤均《さとうひとし》さん。この物語は、佐藤《さとう》さんなくしては、生まれませんでした。そして今回、お世話になった編集部《へんしゅうぶ》の永安顕子《ながやすあきこ》さん、ありがとうございました。新しい出会いが、未来《みらい》に続《つづ》きますように。

（1）『東京駅探検』中川市郎・山口文憲・松山巌　新潮社とんぼの本　一九八七年